rororo

rororo

Erri De Luca, 1950 in Neapel geboren, war in den siebziger Jahren für den Ordnungsdienst der linken Autonomiebewegung «Lotta Continua» in Rom verantwortlich. Heute besitzt der Schriftsteller nicht nur im politischen Diskurs unter Intellektuellen, sondern auch innerhalb des literarischen Lebens eine vielbeachtete Stimme. De Luca arbeitet an einer Neuübersetzung alttestamentarischer Texte aus dem Hebräischen. Er lebt in einem Bauernhaus nördlich von Rom.

Im Rowohlt Verlag ist sein Roman «Das Meer der Erinnerung» (1999) erschienen.

Erri De Luca

Die erste Nacht nach einem Mord

Erzählungen

Deutsch von
Anette Künzler

Bert Kampmann
B.N. 6.2.99

Rowohlt Taschenbuch Verlag

Deutsche Erstausgabe
Veröffentlicht im Rowohlt Taschenbuch Verlag GmbH,
Reinbek bei Hamburg, Februar 1999

Die Originalausgabe erschien
1994 unter dem Titel «In alto a sinistra»
bei Giangiacomo Feltrinelli Editore, Mailand
«I colpi dei sensi» erschien
1993 bei Edizioni Fahrenheit 451, Rom

Lektorat Olaf Matthias Roth
Umschlaggestaltung C. Günther / W. Hellmann
(Foto: The Image Bank / Carolyn Brown)
Satz aus der Galliard PostScript (PageOne)
Gesamtherstellung Clausen & Bosse, Leck
Printed in Germany
ISBN 3 499 22406 2

Inhalt

Oben links

Sinneseindrücke

Oben links

Vorzimmer

Während einer kurzen Phase meiner Schulzeit vermied ich jeden Kontakt mit der Physik. Ich hatte damals noch nicht die Vorbehalte von heute, war noch nicht der Meinung, man sollte das Atom in Ruhe lassen, das wie eh und je unteilbar sein wollte. Der Satz des Demokrit war eine Aufforderung, eine Grenze zu respektieren. Die Physik unseres Jahrhunderts hingegen hat sich in die Demontage des Atoms verbissen: Unter der Erde bedrängen kreisförmige Bauten die Materie, zertrümmern den elektromagnetischen Staub. Als Junge dachte ich zwar nicht an so etwas, wohl aber an die entsetzliche Menge von neuen Symbolen, Zeichen und Abkürzungen. Auch diese neue Disziplin brachte ein kompliziertes Alphabet mit sich und brüstete sich damit, völlig unentzifferbar zu sein.

Ich hatte die Symbole satt. Deshalb versuchte ich an den Tagen, an denen Physik auf dem Stundenplan stand, einen Klassenkameraden zum Schwänzen zu überreden, jedoch vergeblich, und so ging ich eben alleine.

Um halb neun einen Bus nehmen und ganz alleine weit von der Schule wegfahren: das ist wie Blut lecken, eine wilde Freiheit spüren, auf der Flucht sein. Die physische Enge, die mich umgab, erregte meinen Widerwillen. Ich lebte in einer Stadt im Süden, in der sich der Salzgeschmack des Meeres mit dem rußigen Atem der Raffinerien und der Motoren vermischte und auch mit dem gesegneten Duft des Kaffees, dem Freund der Fliegen. Alle Schleimhäute des Körpers wurden davon angegriffen. Der Raum zwischen zwei Personen war ein Luftbrei, wie der des Schöpfers, der unter den Staub seinen gesegneten, spinnfädigen Schleim mischte. Ich hatte das Gesicht zu einer ständigen Grimasse des Ekels verzogen, jeder Zentimeter meiner Miene war zerknittert, obwohl sie doch eigentlich den Charakter eines Menschen ausdrücken sollte. Als Ring an meiner Nase empfand ich die Stadt. Mein Knorpel war empfindlich wie ein Geschwür. Die Pollen des Glaskrautes, das an den Häuserwänden wuchs, betäubten meine Schleimhaut, die mir zum Ausgleich dafür wenigstens eine Ruhepause verschaffte. Der Geruch war mein sozialer Sinn, doch ich war reich am falschen Platz. Im Bus auf der Flucht vor der Schule atmete ich so wenig wie möglich, ich war geübt im Luftanhalten wie ein Fisch auf dem Trockenen.

Die Richtung, die ich einschlug, wählte ich nicht auf gut Glück, ich fuhr immer zum Zoo. Er öffnete um neun, und ich war meist schon früher dort, bei jedem Wetter. Der uniformierte Aufseher machte mir Vorhaltungen und drohte, mich von der Polizei nach Hause bringen zu lassen. In jener Zeit, Mitte der sechziger Jahre, hatte jeder Aufseher eine Uniform und fühlte sich als Teil einer höheren Ordnung und als Machtbefugter. Ein Junge, der die Schule schwänzte, beging eine Straftat. Wenn er nicht ernstlich gegen mich vorging, dann war es aus Faulheit, jedenfalls nicht aus mangelnder Willkür. Ich nahm seine Drohungen schweigend hin, wartete, bis er mir die Eintrittskarte aushändigte, und versuchte, weder provozierend noch uneinsichtig zu wirken, wohl wissend, daß mich sonst Schlimmeres erwarten könnte. Endlich durfte ich hinein, durfte durch das Gittertor treten, das die Stadt aussperrte. Dann entspannten sich meine Geruchsnerven, ich atmete wieder regelmäßig, und meine verkrampften Gesichtszüge lösten sich. Hier drinnen ekelte ich mich vor nichts mehr, endlich war ich frei. Wer sich die Freiheit als einen Ort ohne Grenzen vorstellt, versteht darunter etwas anderes als ich. Freiheit bedeutete für mich, in einem eingezäunten Park zu sein oder auf einer Sommerinsel: dem Eingeschlossensein nahekommend.

Im Herbst sammelte ich auf dem Hauptweg die herabgefallenen Eukalyptusbeeren auf. In meinen Taschen zerrieb ich sie mit den Fingern, setzte ihren Duft frei. Es beruhigte mich, mit diesen Körnern zu spielen: so wie es meine Großmutter beruhigte, langsam die Gebete des Rosenkranzes zu sprechen, eines für jede Perle. Auch wenn der Zoo gerade erst geöffnet hatte und noch niemand da war, litt ich unter der Angst, beobachtet zu werden. Ich war im Alter eines Affen, der sich im Käfig hin und her schwingt, aber nicht zum Schutz, sondern als Verzögerungstaktik, als Ausdruck seines Widerspruchsgeistes. Es war das Alter, in dem man sich mitten auf einem belebten Platz seiner selbst bewußt wird, seine stolpernden Schritte und fahrigen Gebärden wahrnimmt. Gleich am ersten Geländer wurde ich von dem Gefühl befreit, Zielscheibe des allgemeinen Spotts zu sein. Gleich am ersten Geländer war ich bei den Elefanten, war ich wirklich in der Ferne angelangt. Nicht einmal im Krater des Vesuvs hätte ich noch mehr von der schmierigen Stadt abgeschieden sein können. Ich nannte es die «vorletzte Ölung», dieses Gemisch aus Salz und Kohlenwasserstoffen, Schwefel und Hochofengasen.

Der Elefant war gerade aus dem Stall gekommen und ging auf den Wassertrog zu, sein steifes Geschlecht baumelte ihm verträumt zwischen seinen Beinen. Es erinnerte mich an meine ersten Masturbationsversuche, als ich nicht so recht wußte, was zu tun war, und in unbeholfenem Überschwang gedankenlos und blind hin und her rieb. Bevor ich jemals eine Frau in den Armen halten würde und, sollte ich alt werden, auch danach, bliebe mir nur dieses Stück Fleisch da mitten am Körper, das mit so häßlichen Namen belegt wurde. Fisch, sogar Fisch nannte man es in der Stadt, aber was hatte es schon von jener zuckenden Schlüpfrigkeit, wann war es denn schon so flink, mein Verborgenes, mein Verdrängtes da unten rechts. Ich schätzte die Proportionen ab, nahm Augenmaß: Bei der Länge bezüglich der Körpergröße konnte ich nicht mithalten, doch in der Relation von Körper und Gewicht könnte sich meiner vielleicht zu meinen Kilos wie seiner zu seinen Doppelzentnern verhalten. Der Elefant war im ersten Gehege, der Auftakt. Ich blieb dort in den ersten Minuten, dann ging ich weiter, noch bevor er ihm wieder erschlaffte.

Etwas weiter hinten hatten die Nilpferde einen Teich mit einem Auslauf davor, der an die höher liegende Besucherbalustrade grenzte. Im Winter verzichteten die Tiere gewöhnlich darauf, ins Freie zu gehen, aber wenn sie es taten, marschierten sie geradewegs auf die Zuschauer zu und öffneten ihre riesigen Kinnladen in der Erwartung eines Stükkes Brot. Es gab Leute, die trockenes Brot von zu Hause mitbrachten. Heute ist das verboten, aber damals war es für ein Kind ein wahrer Segen, die Hand mit dem Brot auszustrecken und zu spüren, wie die Nilpferdlippen es vorsichtig ergriffen und in den weit aufgerissenen Schlund beförderten. Gesegnet sei das Brot, das zwei so weit voneinander entfernte Körper vereint und sie eine Sekunde lang im Gleichgewicht des Tausches hält. Das Nilpferd öffnete sein von den vier riesigen Zähnen umrahmtes Maul, das an einen zahnlosen Großvater denken ließ, und wartete geduldig. Ein Kind warf dann Brotstücke in die furchterregende Höhle, ich aber hätte am liebsten meine Schulbücher dort versenkt. Vor mir, ganz nahe, taten sich die größten Mäuler auf, die es auf dem Land gab. Nur das Meer beherbergte noch größere. Ich schloß die Augen und sog den Atem ein, der diesem Rachen entströmte, wobei ich mich so weit wie möglich vorbeugte. Während ich die Ausdünstungen des Tieres einatmete und an dem Gemisch von Kot, Heu und Moschus schnüffelte, konnte ich hinter den geschlossenen Lidern allmählich eine Farbe wahrnehmen, ein Blau, das die Schwärze überdeckte. Das zimperliche Stadtpflänzchen, das in den Gassen schier ohnmächtig werdende Näschen zeigte sich plötzlich kühn: wie ein Tarzan schwang es sich über Modergeruch, über lauwarme Luft, über gärenden Sprühregen. Die Atemwolken kamen stoßweise, wie bei einer Dampflok. Ich schnüffelte, wie ich es später bei gewissen Drogensüchtigen gesehen habe. Betäubt, mit geschlossenen Augen, inhalierte ich. Später, als Erwachsener, hatte ich eine Geliebte, und wir atmeten unsere Gerüche mit geschlossenen Augen ein, so wie ich es dort im Zoo getan hatte. Sie wunderte sich über nichts, das von mir kam. Es war mir sehr peinlich, als mir eines Morgens, ganz am Anfang unserer Beziehung, laut die Luft aus den Gedärmen entwich. Sie roch daran, um mich zu trösten. Ich glaube, ich liebte sie für diese Anwandlung nasaler Höflichkeit. Ich habe ihren Geruch eingesogen und sie den meinen, diesen aus allen Körpersäften zusammengesetzten Duft, Weihrauch des Körpers, der der Haut entweicht, den Umklammerungen, den Liebkosungen, den Schreien, dem Knurren und all dem orgiastischen Gurgeln. Ich steckte aus reiner

Glückseligkeit den Kopf in den Nilpferdschlund, weil ich in einem früheren Leben in dieser Höhle von seinem Atem gewärmt, ins Gras gebettet und von seiner Zunge gewaschen worden war. Manchmal empfindet man ganz zufällig ein absurdes, intensives Glücksgefühl. Man begegnet ihm unvermutet und betrachtet es genau, dabei immer wieder schamvoll um sich blickend. Verzückt inhalierte ich meine Dosis Nilpferdatem: Opium der Vorfahren. Wer seine Adern aufritzt, um sich Drogen in den Körper zu spritzen, der weiß nichts von der wahren Glückseligkeit.

Einige glückliche Sekunden lang hielt der Hauch des Nilpferds an, dann war die Geduld des Tieres erschöpft, und sein Maul schloß sich. Ich kam langsam zu mir, öffnete die Augen, spürte meinen Körper wieder. In diesem Moment vernahm ich den allmorgendlichen Ruf des Löwen.

Dort ging ich hin. Zuerst sah ich den riesigen Kaktus, der in einer Ecke des Geheges wuchs. Dies war wohl die schönste Ankündigung der Wüste, dem menschenleeren Ort. Der Löwe brüllte angestrengt, spie seinen Atem aus, ein Klumpen Kraft, der sich im Magen sammelte und bis zu den Zähnen aufstieg. Rhythmisch zog sich sein Bauch zusammen. Als ich ankam, stand er auf der anderen Seite des Wassergrabens, den Blick auf einen Punkt am Horizont gerichtet, wie ein Hahn bei Sonnenaufgang. Er brüllte mehrere Minuten lang, die schläfrig hingestreckten Löwinnen indes ließen ihn ungerührt gewähren. In heißen Stößen entwich ihm die Luft und auch etwas Speichel, im Winter stieg aus seinem Rachen eine dampfende Wolke auf. Ich war zu weit entfernt, konnte seinen Geruch kaum wahrnehmen. Meine kleine Menschennase drang nur mit Mühe bis zu ihm vor. Ich versuchte, sie frei zu bekommen, schnaubte und hielt dann die

Nasenlöcher in den Wind, wie ich es bei den Löwen gesehen hatte. Ich empfing eine schwache Andeutung des beißend säuerlichen Geruchs halbverdauter Mahlzeiten, durchsetzt mit Urin. In seiner Herbheit glich er meinem eigenen, wenn ich vor dem Einschlafen an den Fingern roch, die von meinen Leisten genäßt waren. Der Löwe war das Wappentier meiner Einsamkeit: wegen seiner brüllenden Rufe, die ins Leere gingen und unbeantwortet blieben. So habe ich einmal ein Mädchen geliebt, das zehn Jahre jünger war als ich. Ich liebte, nein, ich rief sie nur. Ich rief sie auf einem Balkon, in zehn Briefen, in einem Ruderboot. Es gab zwar keine Kakteen wie in der Wüste, aber immerhin Feigenkakteen.

Als er mit dem Gebrüll aufhörte, hob und senkte sich sein Bauch noch eine Zeitlang, aber er brachte keine Sprache mehr hervor. Als Junge war ich ganz sicher, diese Laute zu verstehen, und deshalb sagte ich Sprache dazu. Ich hätte schwören können, daß der Löwe seinen eigenen Namen rief, den Namen seiner Spezies, Tag für Tag: weil er lebendig war. Das ist die Art der Tiere zu beten. Sie haben Riten, die keinem Zweck dienen, nichts Unmittelbarem oder Materiellem. Der Löwe rief seinen Namen, um an jedem neuen Tag sein Zeichen in die Luft zu schreiben, das schwerverständliche, rauhe Merkmal der lebendigen Kreatur. Ich verstand dies damals, weil ich mich völlig eingekapselt hatte, in jener animalischen Stille lebte, die die Zerstreuten, die in sich Versunkenen umhüllt. Später habe ich über Fälle von katatonisch* Kranken gelesen: Ich begriff, daß sie sich in der Wüste befanden, ohne wirklich dort zu sein, und daß sie meinen Versuch perfektioniert hatten.

* Katatonie: Schizophrenie mit eigentümlichen Krampf- und Spannungszuständen der Muskulatur (Anm. d. Ü.)

Nach dem weitläufigen Löwengehege kam ich an den Käfigen der anderen Raubkatzen vorbei. Ich empfand zwar kein Mitleid angesichts der in der engen Behausung vergeudeten Kraft und Behendigkeit, aber etwas zerbrach in mir, als ich sah, wie eines der Tiere ganz exakt und mechanisch hin und her lief: zweieinhalb Schritte vor, dann eine Kehrtwendung, immer am Gitter entlang. In den Jahren der Revolte hatte ich einmal einen Mann gekannt, der während der Versammlungen hinten im Saal auf und ab ging, schnellen Schrittes und mit flinken Drehungen. Er hatte drei Jahre seiner Jugend in einem Militärgefängnis verbracht, wegen Widerstandes gegen die Staatsgewalt und Sachbeschädigung. Geschmeidiges Hin und Her, lautlos, ewig gleich. Die Raubkatze schaute auf einen entfernten Punkt jenseits der Gitterstäbe, irgendwo hinter meinem Kopf, ohne mich jemals direkt anzusehen. Ich suchte ihren Blick, sie wich mir aus. Als ich mich umdrehte, konnte ich nichts Besonderes entdekken, sie vielleicht auch nicht, aber mit Sicherheit wollte sie nichts sehen, das unmittelbar vor ihr lag. Als Erwachsener habe ich im Blick der Frauen dasselbe entdeckt; jene Fähigkeit, über das Naheliegende einfach hinwegzusehen; der Mann wird dadurch zum Hindernis auf dem Weg zum Horizont.

Bei den Schimpansen war Halbzeit. Sie hatten einen großen, hohen Käfig, der mit den Turngeräten der Wildnis, Baumstämmen und Lianen, ausgestattet war. Jahre später sollte ich Bergsteiger werden und Felsen erklimmen. Da verstand ich, daß dies etwas völlig anderes ist, als auf Bäume zu klettern. Vielleicht könnte sich ein Affe nicht an steilen Felsen hinaufhangeln, sich an den kleinsten Vorsprüngen festklammern, wie ich es getan habe, ich hingegen wäre nie in der Lage, mich an den Ästen entlang durch die Luft zu schwingen. Und doch suche ich, wenn ich eine rauhe Felswand erklimme, in meinen Bewegungen etwas von dieser Anmut, dieser strotzenden Kraft, dieser beinahe schmerzhaften Explosion von Energie. Wenn ich dann den Anflug einer schimpansenhaften Bewegung tief in den Muskeln spüre, frei von Anstrengung und Kraftverschwendung, dann fühle ich, wie sich eine Schlange des Glücks in meinen Eingeweiden windet. Diese Bewegung war einfach da, ohne daß ich sie hätte erlernen müssen, über den natürlichen Weg von der Kindheitserinnerung bis hin zu den ausgebildeten Muskeln des Erwachsenen. Wie die Affen haben wir eine Hirnmembran, die dem Körper geschmeidige Bewegungen befiehlt und ihn gleichgültig und präzise über den Abgrund schwingen läßt. Die Schimpansen leiteten meinen Körper an, aber ihre meisterhafte Eleganz konnte ich nicht nachahmen, sondern sie nur auf die bloße Technik reduzieren. Vor ihrem Käfig öffnete ein der Schule entronnener Junge weit die Augen, um zu schauen, so wie man ein Fenster öffnet, um die Luft eines sonnigen Wintertages hereinzulassen. Ich öffnete die Augen, und die Affen kamen herein, brachten frischen Wind in mein Zimmer und machten Bewegungen, die man im Traum vollführt, wenn der Körper sehr viel weniger wiegt. Es war nicht nur das Leben in ihren Schwüngen, nicht nur die Energie, die sie durch die Luft von Ast zu Ast brachte: Sie beschrieben eine Geometrie, die den Augen eines ausgebüxten Schuljungen nicht entgehen konnte. Im Käfig roch es nach fauligen Früchten, gerösteten Erdnüssen, gekauten Flöhen, aber es ähnelte überhaupt nicht unserem Achselgeruch nach einem Wettrennen oder einem Spiel. Sie berührten sich untereinander in einem Einvernehmen, das ich selten bei den Menschen gesehen habe:

voller Achtung für die Gefühle und Bedürfnisse des anderen, so wie wir das mit Worten versuchen.

Ich ging von einer Tierart zur nächsten, aus purem Vergnügen, meine Zeit bei ihnen zu verbringen. Ich war sehr jung im Vergleich zu ihrem langen Erdendasein, das in der lebenslänglichen Gefangenschaft im Zoo nun langsam eintrocknete. Ich war ein «Gerade eben», dessen Vergangenheit nur bis zum Lächeln eines Großvaters zurückreichte.

Mir begegneten auch einige Menschenpaare, auf der Suche nach etwas Zurückgezogenheit. Adam und Eva wurden jedoch Abend für Abend aus dem umzäunten Garten vertrieben, denn ihre Eintrittskarten waren verfallen. Ich betrachtete diese doppelten Spaziergänger genau, die wie ein Pferd im Paßgang auf Gleichschritt dressiert waren und eine gewisse Distanz brauchten. Sie schauten auf ihre Füße, dann einander in die Augen, dann wieder auf die Füße. Einige fingen gleichzeitig an zu sprechen, andere trotteten dahin wie Gefangene in Handschellen. Was mich betraf, hätte ich schwören können: niemals. Und doch bekam auch ich neben einem Mädchen diese belegte Zunge und diese runden Fischaugen, versuchte auch ich, den kecken Verehrer zu spielen.

Im Zoologischen Garten waren die Besucher die Spezies und die Eingesperrten die Individuen, einzigartig selbst in der Gruppe. Die Tiere boten einen Überblick über die gesamte Vielfalt, wir hingegen stellten nur die Wiederholung ein und desselben Themas dar. Im Zoo war ich ein Mensch von vielen, und die Tiere betrachteten mich so, wie ich in eine Menschenmenge blicke: ohne jemanden wirklich zu sehen. Plötzlich begann in einem der Käfige eine Rauferei: schnelle, wohldosierte Hiebe wurden ausgeteilt, und gleich darauf war es schon wieder vorbei. Ich bin in etliche Schlägereien geraten, aber ich besaß weder diese schnelle Angriffsbereitschaft noch die Fähigkeit, gleich wieder aufzuhören. Man konnte mich zwar nur sehr schwer in Rage bringen, aber dafür war ich der letzte, der sich losreißen konnte, und nie würde ich das Geheimnis ihrer Kultur des Zweikampfes erfahren: Auch wenn es um Leben oder Tod ging, achteten sie nur auf das Wesentliche, und ihre Überlegenheit lag in einem Minimum an Blutvergießen begründet.

Im Reptilienhaus war auch das Becken des Krokodils. Ich stellte mich genau darüber, es lag ganz nahe am Wasser, zwei Meter unter mir, völlig bewegungslos. Wenn ich rückblickend etwas aus jener Zeit bedauere, dann das, daß ich nicht die Grenze überschritten, daß ich mich nicht hinuntergestürzt habe, um diese Unbeweglichkeit zu reizen. Sicherlich aus Angst, aber vor dem Wärter, nicht vor dem Tier. Entdeckt zu werden schien mir gefährlicher als ein Angriff des Krokodils. Mir dröhnte der Schädel von den Zurechtweisungen der zahllosen Aufseher, der Polizisten, jener Maschinenmenschen in der ewig gleichen Uniform, jener Zwangshemdenträger. Ich fürchtete nicht die messerscharfen Zähne, denen ich vielleicht entrinnen könnte, wohl aber die Schreie, die Einschüchterungsversuche irgendeines Aufpassers, der mich an den Ohren gepackt hätte. An den eigenen Ängsten kann man ablesen, welche Zeiten kommen werden. Das plötzliche Aufbegehren, der Maultiertritt einer ganzen Generation würden mich bald dazu veranlassen, gegen diese uniformierten Gestalten vorzugehen, die mir die Kindheit am meisten verleidet hatten.

Bei Regenwetter blieb ich im Reptilienhaus, bei den Schlangen. Immer hatten sie irgendwo einen alten Hautfetzen hängen. So war auch meine Zeit damals, eine Kruste zum Wegkratzen, in Erwartung einer neuen Hülle, weit weg von dort, vom Süden der vorletzten Ölung. Um die Mittagszeit sagte ich den Käfigen Lebewohl.

«Ausgang» bedeutete aus meiner Sicht Eingang: wieder in das Loch der Stadt kriechen, geschmiert wie ein Zäpfchen.

Das Paneel

Jemand hatte ein Holzpaneel vom Pult abmontiert, um die Beine der Aushilfslehrerin sehen zu können. Wir waren eine reine Jungenklasse, Oberstufe humanistisches Gymasium, Sechzehn- und Siebzehnjährige aus dem Süden; im Winter saßen wir in unsere Mäntel gehüllt in den Schulbänken. Die Aushilfslehrerin war kompetent, nett und sogar hübsch, und das war ein Ereignis. Sie hatte die gesamte Palette an Bewunderung hervorgerufen, die unreifen Jugendlichen zu Gebote steht: vom Erröten bis zur obszönen Geste. Und sie trug Röcke, die für das Schuljahr 1966/67 fast schon kurz waren.

Die Manipulation bemerkte sie erst, als sie sich hingesetzt und die Beine übereinandergeschlagen hatte: Sie blickte in die Klasse, sah sich von vielen Augenpaaren ins Visier genommen, errötete und flüchtete türenschlagend aus dem Klassenzimmer. Es folgte die Standpauke. In dieser ehrwürdigen Anstalt hatte sich bisher noch niemand eine derartige Unverfrorenheit herausgenommen. Der Direktor erschien, eine unheilvolle Gestalt, die sich nur bei den schwerwiegendsten Vorfällen zeigte. In die atemlose Stille hinein erklärte er den Anwesenden mit eisiger Stimme, daß er die Schuldigen haben wollte, andernfalls würde er die gesamte Klasse auf unbestimmte Zeit von der Schule ausschließen, sogar diejenigen, die an jenem Tag gefehlt hatten. Das ganze Schuljahr war somit verloren, die

Unterrichtsstunden und das Geld all derer, die nur durch das Opfer ihrer Familien eine höhere Schule besuchen konnten. Denn damals gab es noch kein Regionales Verwaltungsgericht, bei dem man Beschwerde einlegen konnte. Man hatte keine Rechte, die höheren Schulen waren ein Privileg. Mit ihrem autoritären Erziehungsstil wollten die Lehrer, die uns alle gleich behandelten, deutlich machen, daß sie nur unser Bestes im Sinn hatten. Der Direktor ging hinaus, und die starre «Stillgestanden!»-Haltung, die wir eingenommen hatten, lockerte sich langsam. Wir waren sprachlos.

Das Undenkbare geschah: Vor die Alternative gestellt, entweder zwei Mitschüler zu denunzieren oder ernste Konsequenzen tragen zu müssen, schwiegen wir Jungen beharrlich, und niemandem gelang es, die Namen aus uns herauszubringen. Kein einziger redete. Dies ist die Geschichte von dem hartnäckigen Verhalten einer Gruppe von Schülern, die bislang nur eines gemeinsam hatten, nämlich, daß sie alle im Schuljahr 1966 / 67 in Neapel am Gymnasium Umberto I. in der Sektion B eingeschrieben waren. Abgesehen von einer Clique von Söhnen aus vermögenden Familien, die im Zentrum wohnten, oder einer anderen Gruppe von weniger begüterten Schülern, die sich nachmittags zum gemeinsamen Lernen traf, abgesehen von ein paar Fußballspielen am Sonntag, verband diese Jungen überhaupt nichts. Aber es stimmt auch, daß noch nichts sie derart erbittert voneinander trennte, wie es wenige Jahre später der Fall sein würde. Ich habe meine früheren Schulkameraden nicht wiedergesehen, wir waren weder Freunde noch Verbündete, sondern lebten einzig und allein in einer Zeit, die gezwungen war, den Boden für die kommenden Zeiten zu bereiten, der Winter davor zu sein. Plötzlich verharrten diese verängstigten Jungen in einem undurchdringlichen Schweigen.

Als der Direktor den Raum verlassen hatte, war uns nicht mehr kalt. Die Anspannung eines Belagerungszustandes setzte ein, aber noch sprachen wir nicht miteinander. Es redete nur derjenige, der als einziger dagegen gewesen war, das Paneel abzuschrauben. Er war der bravste, ordentlichste von uns, und wir hatten ihn oft wegen seines übertriebenen Pflichtbewußtseins aufgezogen. An jenem Morgen hatte man ihn zum Schweigen gebracht, aber nun beschwerte er sich lautstark, er hätte recht gehabt und es sei in seinen Augen eine Ungerechtigkeit, die ganze Klasse zu bestrafen. Viele seien noch gar nicht im Klassenzimmer gewesen, als das Paneel abmontiert wurde. Er protestierte empört, mit einer sich immer wieder überschlagenden Stimme, wie das bei Heranwachsenden so ist. Dieses Mal wurde er nicht ausgelacht. Ich kann nicht sagen, warum er die zwei Schuldigen nie direkt anklagte oder denjenigen Klassenkameraden, die noch nicht Bescheid wußten, ihre Namen verriet. Statt dessen regte er sich über uns auf, die wenigen Tatzeugen, weil wir ihm nicht geholfen hatten, jenen Frevel zu verhindern. Nur seine Stimme war in dieser Unterrichtspause zu hören. Jeder versuchte sich über die auf ihn zukommenden Konsequenzen klarzuwerden. Einige stammten aus armen Familien, die ihnen nicht erlauben würden, das Jahr zu wiederholen. Alle fürchteten die Reaktionen, welche die unentschuldbare Tat zu Hause auslösen würde. Einige wären problemlos in die nächste Klasse versetzt worden und mußten nun zusehen, wie sich ihr Anspruch auf ein Stipendium in Luft aufzulösen drohte, andere hatten schon teures Geld für den Nachhilfeunterricht ausgegeben. Jeder von uns war mehr oder weniger in Gefahr. Und doch verriet niemand die Urheber der Demontage, nicht einmal in dem edlen Ansinnen, die anderen damit retten zu wollen. Niemand verlangte von den beiden Mitschülern, sich zu stellen. Diese unterwarfen sich dem Urteil der Klasse, und die Klasse deckte sie. Man hätte andernfalls ein Exempel an ihnen statuiert, sie wären von keiner einzigen Schule mehr angenommen worden. Das ist kaum zu glauben, wenn man weiß, was nur wenige Jahre später in Italiens Klassenzimmern geschehen ist, und trotzdem verhielt es sich so: Das italienische Schulsystem, das kurz davor stand, von den Schülern aus den Angeln gehoben zu werden, war damals noch fest in der Hand des Lehrkörpers.

Wir schwiegen immer noch, als der Lehrer des nächsten Faches eintrat. Er musterte uns mit finsterem Blick und verlangte die Namen der Schuldigen unverzüglich zu erfahren. Er erhob die Stimme und hieß die unbekannten Täter Feiglinge. Da wir sie deckten, wies er uns eine noch schwerere Schuld zu, welche die härteste Strafe verdiente. Noch einmal verlangte er die Namen. Als wir wiederum schwiegen, folgte sein Vergeltungsschlag: Er fragte einige von uns ab, die in seinem Fach auf der Kippe standen, verwirrte sie mit schwierigen Fragen und seinem geringschätzigen Auftreten, und schließlich entließ er sie mit der unerhörten Ankündigung, ihnen die schlechteste Zensur geben zu wollen. Diese offenkundige Ungerechtigkeit erschütterte uns. Die Belagerung hatte begonnen, vorbei war unser schulisches Leben, das ja zu der Zeit unser ganzes staatsbürgerliches Leben darstellte.

Aus der schweren Erpressung – entweder zwei Kameraden zu verraten oder harten Disziplinarstrafen entgegenzusehen – erwuchs unversehens ein starker Zusammenhalt. Wir Jungen wurden zu einem Organismus, der bereit war, eher als Ganzes zu stürzen, bevor er zwei seiner Mitglieder auslieferte. Durch die Fasern einer unzusammenhängenden Gruppe von Gleichaltrigen lief auf einmal eine jener elektrisierenden Entladungen, die auf einer größeren Skala verschiedene Bevölkerungsgruppen zu einem Volk macht, viele einzelne Ängste in Mut verwandelt. Es gibt eine unsichtbare Schwelle der Geduld; wird diese überschritten, lehnt man sich plötzlich gegen die alltäglichen Maßregelungen auf. Eine passende Gelegenheit ist meist der Auslöser, und sei sie auch noch so banal. Als ich mich Jahre später an den Arbeitskämpfen beteiligte, bemerkte ich mit Erstaunen, daß die lange Reihe spontaner Streiks und offener Rebellion in den Fabriken ihren Ausgang im Jahr 1969 bei Fiat genommen hatte, wo man so simple Dinge wie neue Arbeitsanzüge oder die Verteilung von Milch in den toxischen Produktionsbereichen gefordert hatte. Belanglose Ereignisse verursachen feine Risse in der täglichen Geduld und führen oft zu schweren Erschütterungen: Auf einen Schlag füllen sich die Straßen mit einer Unzufriedenheit, die wie ein Pilz nach dem Regen aus dem Boden zu sprießen scheint.

Es war keine Revolte, denn wir stellten ja keine Forderungen, sondern die wütende Reaktion auf diejenigen, die uns aushorchen, unser Innerstes durchforsten wollten.

An jenem Tag wurde nach der Schule viel diskutiert. Bei unserer kleinen Versammlung bemerkten wir mit Befremden die Gegenwart der Schuldiener. Einer von uns wollte wenigstens wissen, wem er es zu verdanken habe, möglicherweise ein Schuljahr zu verlieren. Dort draußen auf dem Hof brachten wir ihn sofort zum Schweigen. Letztendlich wurde zwar derartige Neugierde über verschiedene interne Kanäle befriedigt, aber bei diesem ersten Schlagabtausch herrschte eine spontane Disziplin. Und der erwähnte brave

Schüler stellte seinen Gehorsamkeitstrieb in den Dienst unseres gemeinsamen Schweigens. Etwas zwischen ihm und der Schulobrigkeit war für immer zerbrochen.

Als wir an jenem Tag nach Hause kamen, standen wir dort erneut unter Beschuß. Die Atmosphäre war ebenso inquisitorisch wie in der Schule oder sogar noch schlimmer. Die einzige Rettung: sich in die Ausrede zu flüchten, daß man unmöglich Namen von Klassenkameraden nennen könnte, ohne völlige Gewißheit zu haben. Das familiäre Hinterland zeigte keinerlei Verständnis für das Vergehen, niemand unterstützte auch nur ansatzweise unsere berechtigte Einstellung, auf die Erpressung mit Schweigen zu antworten. Niemand: In dieser Zeit war alles aus einem Guß. Nicht nur die Schule war Stätte des Gehorsams, sondern auch sämtliche Bereiche des Privatlebens.

Als Erwachsener habe ich gesehen, wie Familien Söhne verteidigten, die sich der Vergewaltigung oder der Lynchjustiz schuldig gemacht hatten – unsere Familien standen damals jedoch auf der Seite der Anklage. Ein Jugendlicher, der sich nicht auf einen Schlag von aller Welt verlassen fühlt, wird niemals erwachsen. Es war in jenen Jahren vielleicht schwieriger, jung zu sein, auch wenn uns das – Gott sei Dank – nicht bewußt war. Damals maß man viel mehr Dingen als heute große Bedeutung bei, und die Zukunft eines jeden entschied sich zum maßgeblichen Teil bereits in den Bänken jener Schulen.

In den darauffolgenden Tagen wiederholte sich im Unterricht die Frage nach den Schuldigen, bis uns schließlich ein Ultimatum gestellt wurde. Beim Rektor trafen sogar einige anonyme Briefe mit den Namen der mutmaßlichen Täter ein, deren Angaben sich jedoch widersprachen. Die ganze Angelegenheit betraf aber mittlerweile nicht mehr nur die Verantwortlichen, vielmehr wollte man den unerhörten Widerstand der ganzen Klasse brechen. Aber man konnte uns nicht dazu bringen, die Kameraden zu verraten. Ich glaube, wir fühlten uns alle schuldig, denn die bewußten Beine hatten jeden von uns erregt. Aus diesem Grund hatten wir Verständnis für den Streich, auch wenn wir uns dafür schämten. Die richtige Verhaltensweise gaben dann diejenigen aus der Klasse vor, die schon eine richtige Liebesbeziehung hatten und sich daher überlegen gebärden durften, wohingegen die anderen sich wie Schlüssellochgucker benommen hatten. Wir gaben uns dem Glauben hin, über den Absichten der Saboteure zu stehen, auch wenn dem nicht so war. Aber darum ging es jetzt nicht mehr, denn wir marschierten geradewegs auf die unvermeidlichen Konsequenzen zu. Wir hatten uns innerlich völlig auf unser Verhalten versteift, auch wenn wir nach außen hin die bestürzten Unglückseligen mimten. Unter der Belagerung waren wir zu kleinen Soldaten geworden, und wir lernten, uns alle auf dieselbe Weise zu verteidigen.

Es gab schon in jenen Jahren ein gewisses Maß an Solidarität unter den Schülern. So drängte man sich nicht beim Lehrer vor, wenn ein anderer nicht in der Lage war, die geforderte Antwort zu liefern. Niemand wollte anstelle eines Klassenkameraden antworten. Vielleicht hatte dieses Verhalten mit der Schmach zu tun, als Streber dazustehen, und es wäre übertrieben, dies als Solidarität auszugeben. Davon war nur im Zusammenhang mit gravierenden Ereignissen die Rede, wie zum Beispiel Erdbeben, Hungersnöten oder Überschwemmungen. Und doch war diese Zurückhaltung beim Antwortgeben eine Gepflogenheit, die uns lehrte, den eigenen Kameraden nicht zu beschämen und ihm somit eine Aufmerksamkeit zu schenken, die nicht nur schulischer

Natur war. Derlei Gewohnheiten sind heute allerorten verschwunden.

Unmittelbar vor dem Ablauf des Ultimatums kam der Lehrer für Griechisch und Latein zum Unterricht in die Klasse. Es waren schon einige Tage vergangen, und er hatte noch kein Wort über die ganze Angelegenheit verloren, abgesehen von seinem ersten Erscheinen im Klassenzimmer nach der Standpauke. Da war er hereingekommen, hatte sich hingesetzt, aber anstatt das Klassenbuch aufzuschlagen, sah er uns alle lange an, faltete dann seine riesigen Hände wie zum Gebet und bewegte sie vor und zurück, als wollte er damit sagen: «Was zum Teufel habt ihr da nur angerichtet?» Es war eine einfache Geste, die ernste Besorgnis ausdrückte, aber in dem stummen Vorwurf schwang ein heiterer Akzent mit. Das nahmen wir dankbar zur Kenntnis. Dann begann er sofort mit dem Unterricht. Ich muß diesen Mann beim Namen nennen: Giovanni La Magna. Sizilianer und ausgewiesener Kenner der griechischen Sprache, über die er eine Grammatik und ein Wörterbuch verfaßt hatte. Er war von kräftiger Gestalt und hatte einen schwerfälligen Gang. Seine freundlichen, offenen Züge glätteten sich, wenn er mit tiefer, feierlicher Stimme griechische und lateinische Verse skandierte und dabei den Akzent so pointiert auf die Silben fallen ließ, wie ein Pferd die Hufe aufs Straßenpflaster setzt. Er lehrte uns die griechische Antike lieben, weil er sie selbst so liebte. Es machte ihm Freude zu unterrichten, denn für ihn bedeutete dieses Tätigkeitswort, in den Schülern das Interesse an der Entdeckung ihrer eigenen Möglichkeiten und Fähigkeiten zu entfachen, was manchmal nur einer geschickten Einladung bedurfte. Er stand am Ende seiner beruflichen Laufbahn und wirkte sogar noch älter als sechzig. Er hatte ein sicheres Gespür für zündende

Witze, die er mit unbewegter Miene vorbrachte. Dadurch ließ er die Klasse wie mit einem Peitschenknall in schallendes Gelächter ausbrechen. Niemals wiederholte er seine Scherze, er fischte sie nicht aus einem Repertoire, sondern erfand sie ganz einfach. Ich glaube, niemand hätte besser als er die Dialoge zwischen Sokrates und seinen Schülern vortragen können. Nicht einmal Platon, der sie aufschrieb, hätte das so gut gekonnt.

Er ermunterte uns, aufrichtig zu ihm zu sein: Eine ungenügende Vorbereitung benotete er nicht, wenn der Schüler ihm das vor der Stunde aus eigenem Antrieb gestand. Da hörte er dann mit schalkhafter Mimik zu, legte seine Hand hinter das Ohr und verdrehte die Augen, um seinem Erstaunen Ausdruck zu verleihen. Wir liebten ihn. In diesem finsteren Olymp der Götter des Katheders war er unser guter Zeus. An jenem Morgen des Ultimatums kam er in die Klasse und erklärte, während er seinen Mantel auszog, daß wir uns heute weder mit Griechisch noch mit Latein beschäftigen würden. Er setzte sich, legte das Klassenbuch beiseite und sprach zu uns. Ich hoffe, seinen Tonfall und seine Aussagen nicht zu verfälschen, und versuche, sie so wiederzugeben, wie sie mir im Gedächtnis geblieben sind.

«Ihr wißt, daß ich Sizilianer bin. In meiner Heimat gibt es einen Brauch, der es verbietet, Schuldige zu verraten. Man nennt das Omertà, das Gebot des Schweigens. Davon will ich euch erzählen, um so die Gemeinsamkeiten und die Unterschiede zwischen diesem Brauch und dem Solidaritätsgefühl zu verdeutlichen. Die Omertà erwuchs aus dem Bedürfnis, sich in einem korrumpierten Regime, dessen Rechtsprechung parteiisch war und einzelne begünstigte, vor willkürlichen Übergriffen der Staatsgewalt zu schützen. Unglücklicherweise wurde damit dem einen unterdrückerischen System ein anderes entgegengesetzt: die Mafia. Die Omertà ist eine Verhaltensweise, die in der ganzen Bevölkerung verwurzelt ist, wenn der Staat als ein einziger Unterdrückungsapparat angesehen wird. Die Mafia, die aus dieser stillen Protektion entstanden ist, hat sie in ein Gesetz des Blutes verwandelt, und so ist die Omertà heute vor allem die Frucht der Angst. Sie unterscheidet nicht mehr zwischen dem, der sich gegen einen ungerechten Übergriff auflehnt, und dem, der sich kriminell verhält. Sie deckt alle, den armen Schlucker und den Übeltäter. Die Omertà ist blind geworden und dient nun einer anderen Macht.

Die Solidarität dagegen ist ein Gefühl, das den Menschen ehrt. Sie ist kein Gesetz wie die Omertà, sondern sie keimt nur selten auf. Sie kommt plötzlich zum Vorschein, unter Menschen, die sich in Schwierigkeiten befinden, sie erfordert das persönliche Opfer, und sie versteckt sich nicht hinter der breiten Masse. In eurem Fall kann das zweierlei bedeuten. Entweder ist es die Solidarität von allen, um zwei einzelne zu schützen, oder die von den beiden, die sich stellen, um alle anderen zu retten. Die Solidarität ist das wertvolle Werk einer besonderen Situation, und sobald sie ihren Zweck erfüllt hat, tritt sie wieder ab und hinterläßt bei jedem ein ruhiges Gewissen. Wenn ihr mir bei dieser Unterscheidung zustimmt, dann könnt ihr jetzt besser verstehen, was euch in diesen Tagen widerfährt. Ich glaube nicht, daß die Paneelräuber der Oberstufe B alle anderen eingeschüchtert und zum Schweigen veranlaßt haben. Ich glaube vielmehr, daß in diesen Tagen in der Klasse ein Kameradschaftsgeist entstanden ist und ihr gegen eine Vorgehensweise aufbegehrt, die euch ungerecht erscheint. Ihr denkt vielleicht, die Opfer eines Übergriffs zu sein: Entweder müßt ihr eure Kameraden verraten, oder ihr werdet auf unbestimmte Zeit von der Schule ausgeschlossen. Aber war es nicht auch ein Übergriff, eine Frau vor Scham erröten zu lassen, die zum Unterrichten in diese Klasse gekommen ist und die – nur für das Privileg, euch ihre Beine zu zeigen – jahrelang studierte und gerade erst die Chance bekam, auf die sie so sehr gewartet hatte? Ein Übergriff, eine Gewalttätigkeit von vielen gegen eine Frau, genau das ist hier passiert. Ihr seid nicht unschuldig, niemand ist unschuldig. Das Unrecht ist oft besser verteilt, als ihr es gerne glauben möchtet.

Ich bin ein Teil von diesem Schulregime, vor dem ihr euch nun verbarrikadiert. Ich bin sogar der älteste Lehrer an dieser Schule. Wir sind die Lehrer, ihr seid die Schüler, und deswegen sind wir stärker als ihr. Wir können euch durchfallen lassen, euch alle suspendieren, einigen die schulische Zukunft für immer zunichte machen. Aber wollen wir das? Glaubt ihr, daß wir euch ruinieren wollen? Wir, die Stärkeren, müssen uns in Wirklichkeit gegen euch verteidigen. Ihr erlaubt euch, ein Paneel vom Katheder abzuschrauben, um die Beine einer Lehrerin zu sehen? Bald werdet ihr euch erlauben, ihr den Rock herunterzureißen, um sie ganz bewundern zu können. Warum habt ihr es nicht bei mir getan? Weil ich ein Mann bin oder weil ich kein Hilfslehrer bin? Wir verteidigen uns gegen euch und umgekehrt: So werden die Klassenzimmer zu Kriegsschauplätzen. Der Stärkere wird gewinnen, aber die Schule ist dann am Ende. Mit tiefer Traurigkeit sehe ich das geschehen. Es widerspricht allem, was ich in meinen vielen Jahren als Lehrer getan habe. Mir ist klargeworden, daß ich keinen Platz mehr in einem Klassenzimmer habe, das in zwei Fronten zerfallen ist, und daß ich nichts mehr für euch tun kann. Ihr seid dabei, mich zu entlassen, mich, meine Kollegen, alle miteinander. Diese Feindseligkeit, die ich bei ihnen und bei euch spüren kann, kündet von kommenden Zeiten, an denen ich nicht teilhaben werde.

Daß man euch so drastisch bestrafen will, billige ich keinesfalls, und ich werde es, soweit ich kann, zu verhindern versuchen; aber ebensowenig kann ich eure Starrköpfigkeit billigen. Ich ärgere mich über euch alle: Seit ich an dieser Schule bin, hat mich nichts so sehr beunruhigt wie jetzt euer Kameradschaftsgeist. Euer Schulterschluß ist sehr schwer zu verstehen für einen wie mich, der dachte, ein Klassenzimmer zu betreten, und sich statt dessen vor einer Barrikade wiederfindet. Ich glaube nicht, daß euer Schweigen wie die Omertà ist oder daß ihr im Begriff seid, eine Mafia zu werden. Ich weiß jedoch, daß dieses Unheil durch jedwede Feindseligkeit, egal von welcher Seite sie ausgeht, hervorgerufen werden kann. Wenn mir noch gestattet wird, euch eine Lektion zu erteilen, dann möchte ich euch lehren, in eurem Leben zwischen Omertà und Solidarität unterscheiden zu können. Seid ruhig heute loyal zueinander, bis hin zu der Bereitschaft, eine harte Disziplinarstrafe zu ertragen, aber lernt morgen nicht, auch den Falschen, den Gewalttäter, den Verbrecher zu verteidigen. Bevor ihr alle miteinander vom Unterricht ausgeschlossen werdet, rate ich euch, der Lehrerin, die ihr beleidigt habt, eure aufrichtigste und tiefste Reue zu zeigen. Tut es, ohne eine Gegenleistung dafür zu erwarten, tut es nur, weil es richtig ist. Tut es, bevor sich euer Schweigen uns gegenüber zu sehr verhärtet, bevor die Feindschaft es vergiftet und meine Arbeit mit euch ebenso zerstört wird wie eure Möglichkeit, einen Nutzen aus den Stunden zu ziehen, die wir gemeinsam in diesem Klassenzimmer verbracht haben.»

Er möge mir vergeben, dort wo er ruht, der Mann, dem

ich diese Worte zuschreibe und dessen Lektion ich nicht vergessen habe. Sie war sicherlich viel eindringlicher und wirkungsvoller, als ich sie hier wiedergeben kann. Er hielt sie in einem Ton, der selbst an den bitteren Stellen väterlich blieb, ernst, aber ohne Strenge. Es war die Stimme eines Mannes, der sich der Ehrwürdigkeit des Katheders entledigte, um zu seinesgleichen zu sprechen. Zu einer Klasse Sechzehnjähriger voller Pickel und mit spärlichem Bartwuchs sprach er wie zu einer Versammlung, so als behandelte er irgendeinen Punkt der Tagesordnung. Wir waren verwirrt, fühlten uns aber doch erwachsener; sprachlos zwar, aber immerhin von dem Bedürfnis befreit, uns verteidigen zu müssen. Dieser Mann behandelte uns wie Männer. Keiner von uns war es schon, aber unser ganzes Inneres drängte in diesen Tagen darauf hin, es zu werden. Er ließ uns spüren, daß ein Mensch Verantwortung übernehmen kann, wenn er sich über Zeitpunkt und Ort seines Handelns im klaren ist. Mit seiner rechtschaffenen Art zerschlug er das aufgewühlte Schlachtfeld, in dem wir uns eingeschlossen fühlten. Er zeigte uns keinen Fluchtweg, sondern hob ganz einfach die Belagerung auf, indem er uns vom Übel der Feindschaft und Einseitigkeit erzählte. Er weckte in uns das Verlangen zu antworten, so wie er schon viele andere Male in uns das Verlangen zu lernen entfacht hatte. Einer von uns, der Vernünftigste und einer der Fleißigsten, erhob sich und erklärte im Namen aller, das mindeste, was wir tun könnten, sei, uns zu entschuldigen. Wir hätten es schon getan, wenn sich nur eine Gelegenheit ergeben hätte. Niemand widersprach.

Die Entschuldigung wurde angenommen. Der Unterricht ging weiter, mit der Mißbilligung einiger Lehrer, die mit dieser Wiedergutmachung eindeutig nicht zufrieden und gegen solch einen «faulen» Kompromiß waren. Die Partei der Unnachgiebigen zählte ihre Mannen im Hinblick auf künftige Konfrontationen. Wir dagegen betrachteten uns als noch einmal davongekommen, gaben sofort die Stellung auf und beugten uns tiefer als zuvor über die Bücher. Eine Weile lang bekamen wir den Unmut der meisten Lehrer noch zu spüren, aber dann kehrten sie zu ihrem normalen Unterrichtsstil zurück, und es galt wieder die gewohnte Bilanz aus Leistung und Profit. In diesem Jahr wurden die meisten versetzt, auch die beiden Missetäter. Erst damit war für uns dieses Kapitel endgültig abgeschlossen.

Ein Jahr später, im Schuljahr 1967/68, sollten wir das Abitur machen. Kurz vor dem Prüfungstermin kam Studienrat Giovanni La Magna zum erstenmal seit drei Jahren nicht zum Unterricht. Das Herz unseres guten Zeus hatte aufgehört zu schlagen, reglos waren nun die riesigen Hände, die uns den Weg ins klassische Griechenland gewiesen hatten, verstummt war die Stimme, die für uns die lieblichsten Verse der Welt intoniert hatte. Wie eine verlorene Herde stiegen wir zu seinem Haus auf dem Hügel des Vomero hinauf. Er war aufgebahrt und schien doch aufrecht zu stehen, ließ auch jetzt noch seine Präsenz spüren. Seine großen Hände waren über dem Schoß gefaltet, die Augen fest geschlossen. Zum erstenmal konnte ein Junge unter vielen die unsinnige Verschwendung ermessen, die der Tod eines Mannes bedeutet. Dieses von einem Sizilianer so leidenschaftlich geliebte Griechenland, all dies Wissen war nun verschwunden, konnte niemandem mehr weitergegeben werden. Zurück behielten wir, seine Zöglinge, die glänzenden Scherben einer zerbrochenen Vase. Aber selbst wenn alle Schüler, die er jemals hatte, ihre Stücke zusammensetzten, könnten sie nicht jene Ganzheit erlangen, die er besaß. Die Tränen, die einigen von uns in die Augen traten, hatte er sich verdient mit dem, was ihm von Herzen kam.

Er starb in den ersten Monaten jenes Jahres der Rebellion, 1968, ohne die unter den Donnerschlägen eines Krieges verlassenen Klassenzimmer noch zu sehen, eines Krieges, den er vorausgeahnt und zu verhindern versucht hatte. Die Schule war vorbei, und das nicht nur für die Abiturienten jenes Jahrgangs. Nach ihm wurde Griechenland wieder zum Ursprung einer höchst anspruchsvollen Grammatik. Es gibt Menschen, die bei ihrem Tod eine ganze Welt hinter sich verschließen. Rückblickend akzeptiert man den Verlust nur dann, wenn man sich eingesteht, daß sie in Wirklichkeit zur rechten Zeit gestorben sind.

Die Stadt antwortete nicht

Es passiert einem im Leben kein zweites Mal, daß man ein Buch von fünfhundert Seiten im Stehen liest. Im Stehen: in jener nachlässig-aufmerksamen Stellung, die man einnimmt, wenn man mit der einen Hand den Haltegriff in einer U-Bahn umklammert und mit der anderen die Buchseiten festhält und verschlingt.

Es war während der Wintermonate des Jahres 1981, der Staub des Erdbebens hatte sich noch nicht wieder gelegt. Die Stadt war an vielen Stellen leer, an anderen voller Notunterkünfte. Ich war nach Neapel zurückgekehrt. Wo man auch hinsah, leistete eine Gebäudeambulanz fieberhaft Erste Hilfe. Ich hatte auf einer Baustelle Arbeit gefunden, als Handlanger, und arbeitete schwarz, außerhalb der Vorschriften. Unter die Gewölbe, die Torbögen und die Dekken der alten Wohnhäuser hievten wir ganze Pinienwälder, um sie abzustützen. Wir schoben Krücken unter Steine, die mehr von der Zeit als von den unterirdischen Stößen erschüttert worden waren.

Damit es schnell ging, entsorgten die Lastwagen ihre Ladung frisch geschlagenen Wald über die Rampe: Die Stämme polterten mit einem jähen, dumpfen Geräusch herab, der Erdboden erzitterte, und immer wieder rannte jemand die Treppen hinunter, bereit, das Haus bei jeder neuen Erschütterung zu verlassen. Flüche folgten.

Wir sägten mit der Hand und verließen uns sowohl bei

den geraden Schnitten als auch bei den schrägen auf unser Augenmaß. Wir begannen in den Kellern mit der Montage der Stützstreben und beendeten unser Werk auf den Dachböden. Zwischen unseren Beinen hindurch flüchteten die Mäuse treppauf und treppab. Unseren anfänglichen Ekel hatten wir längst überwunden, und wir lachten über die städtische Kommission, die in die Gewölbekeller hinabstieg, um die Arbeiten zu kontrollieren, und kurz darauf, von ihren Formularen umflattert, eilig das Weite suchte. An den Händen blieb das klebrige Harz haften und ließ einen an die Berge denken. Ein lebendiger Baum gleicht eher einem Volk als einem Einzelwesen, ihn zu fällen sollte eigentlich nur dem Blitz gestattet sein.

Auf den Straßen und Plätzen des Sanità-Viertels, wo sich die Baustelle befand, zogen wir zur Absperrung Mäuerchen aus Tuffstein oder Beton hoch, wie ein Labyrinth. Gleichsam einem geheimnisvollen Gesetz folgend, häuften wir Hindernisse an. Die Stadt zirkulierte unter den Gerüsten und auf den gewundenen Pfaden, die durch die Stützstreben und abgesperrten Gassen entstanden waren.

Es war wie damals auf den Schiffen der Bourbonen, wenn der Befehl erteilt wurde: «Macht Krawall!» Wer sich am Heck befand, rannte zum Bug und umgekehrt, wer unter Deck war, kam nach oben, und wer bereits oben war, lief nach unten – um dem zerstreuten Auge des Königs den Eindruck eines prompten Manövers zu bieten. So schien diese absurde und doch wirkungsvolle Order nun auf dem Festland ausgeführt zu werden, und Krücken und Verbände bedeckten die Stellen der Stadt, an denen zuvor noch Wäsche hing und Marktstände waren.

Ich habe auf Baustellen im Norden gearbeitet, aber noch nirgendwo habe ich eine derartige Kälte erlebt wie in diesem Winter in Neapel. Der Nordwind drang durch die Gassen und Höfe, schlang sich um die Nerven und ließ die Handrücken blau anlaufen, denn nur auf der Innenseite wurden die Hände, die die Schaufel hielten, warm. Unsere Gesichter, über die stundenlang dieser Wind fegte, verzerrten sich zu Grimassen. Es gab keinen Platz, um Atem zu schöpfen. Erst in der U-Bahn wurde mir langsam wieder warm, auf der Strecke Piazza Cavour – Campi Flegrei, wo ich wohnte. Und dann griff ich in meine Tasche und las: *Reise ans Ende der Nacht* von Louis-Ferdinand Céline.

«Niemals habe ich mich so nutzlos gefühlt wie unter diesem Kugelhagel und diesem Sonnenlicht. In diesem Moment war ich erst zwanzig Jahre alt.»

Es gibt Bücher, denen man in schwierigen Zeiten begegnet. Man kauft sie an einem Stand im Freien, mit der Absicht, eine alte Ausgabe vor der Verwahrlosung zu bewahren. Dann setzt man sie den eigenen Unbilden aus, und sie werden zerfleddert von der Intensität, mit der man die Zeilen liest, die Seiten umblättert. Im Dunkel von Neapels Untergrundbahn, im trockenkalten Winter 1981, ließen die Menschen fröstelnd den Atem entweichen, putzten sich die Nasen und hatten glänzende Augen. Sie verströmten jenen Geruch, der einem Leser der *Reise* half, das Buch einzuatmen. Die Seiten paßten zu dem Atem des Abteils, und von den trockenen Achseln der Blätter stieg ein ganz anderer Geruch auf. Es war der Modergeruch eines Schriftstellers, der sich mit diesem Werk völlig verausgabt, sich ausgeschüttet hatte, bis nichts mehr zu sagen war, so wie es einigen wenigen – ob Schriftsteller oder nicht – widerfährt, ob diese es wissen oder nicht.

Ein magerer Hilfsarbeiter hielt in der Faust die *Reise* und nutzte so die Zeit der Hin- und Rückfahrt. Céline hielt die Zügel und lenkte, Menschen, Zug und Leser hinter sich herziehend.

Ich las ihn nirgendwo sonst, nur dort. Wenn das Kapitel nicht mit der Haltestelle übereinstimmte, las ich es auf dem Gehweg zu Ende. Ich hatte es nicht eilig, in meine Küche heimzukehren, aus dem Stollen der Züge hinauszutreten, aus jenem Bergwerk, das am Abend Ausgrabende und Ausgegrabene entließ, Menschen, die hellgrünen Schwefel ausdünsteten, brüchig wie die Stücke, die eine Spitzhacke schlägt, rußig, ausgelöscht.

Daheim las ich die Zeitung, machte das Abendessen. Der Schlaf stieg mir von den Knochen bis in die Augen, aber ich blieb wach. Ich wartete auf die geliebte Freundin, auf ihre allabendliche Rückkehr. Jeden Tag verlor ich ein Stück mehr von ihr unter meinen schwieligen Händen, die über ihre Haut rieben, ohne sie spüren zu können. Im Bett umarmte ich sie mit geschlossenen Fäusten. Ich legte mich auf sie, wie ein angeschlagener Baum, zum Sturz bereit. Dann rollte ich auf die Seite und ließ mich in den Schlaf fallen wie ein Holzscheit auf den Stapel.

Dieser undurchdringliche Schmerz raubte Céline den Verstand: «Sehr bald schon wird es nichts weiter geben als Personen und Dinge, die ungefährlich sind, mitleidsvoll und harmlos, und die um unsere Vergangenheit kreisen; nichts weiter als stumm gewordene Irrtümer.» Und genau das wurde ich auch für sie.

Die Risse der Jahrhunderte hatten sich summiert. Der Putz und die Gesimse, die sonst nur langsam abgebröckelt waren, so daß sich die Passanten gerade noch in Sicherheit bringen konnten, wurden nun auf einen Schlag abgeräumt. Die Stadt befand sich im Rausch des Wiederaufbaus. Mit großzügigen Spendengeldern aus verschiedenen Quellen sollte jedes Wohnhaus kostenlos restauriert werden.

Der Ausnahmezustand – eigentlich die Grundbedingung am südlichen Tyrrhenischen Meer, wo die Einwohner auf einem seismischen und vulkanischen Grill ausgebreitet sind – wurde ausgerufen, diktiert von den Regeln des Geldes. Die Gelegenheit, sich zu bereichern, zerstörte das fragile Gleichgewicht des illegalen Handels. Banden erschienen auf der Bildfläche, die sich für die Kontrolle über ein paar Meter Gehweg gegenseitig dezimierten.

Im Gefängnis nahmen Häftlinge, die sich haßten, weitere Erschütterungen zum Anlaß, um sich krankenhausreif zu prügeln. Die Höhe des Fiebers – sprich: die Temperatur des Erdbodens – und die Anzahl der Gefallenen wurden in der Zeitung vermeldet. Neue Reichtümer regneten herab, die man in blutigen Kämpfen verteilte. Die Stadt wurde neu geschrieben. Wolken, Kaffeesatz, Tätowierungen, Einschüsse und Ausschüsse, Windstöße zeichneten die Haut der Getöteten. Der Wind ritzte mit seinem eisigen Stift Falten in die Gesichter. Niemand konnte diese Zeichen lesen.

Ich ging durch die Straßen mit der *Reise* unter dem Arm, wie mit einem Schutzbrief. Ich hielt mich fern vom Toben, vom Zittern der Stadt, es war nicht mein Krieg. Auch das stumme Mitleid eines Céline, der wie ein herbeigerufener Arzt ziellos durch das Elend streifte, war mir fremd. Das Buch ging mir auf die Nerven: Allzu derb beschrieb es menschliches Unglück, Krieg und Trümmer.

Heute weiß ich, daß ich die Stadt und die Buchseiten miteinander verglichen habe. Beide waren aus demselben Staub entstanden, der noch in der Luft hing und schon blutgetränkt war, und sie hielten dem direkten Vergleich durchaus stand. Sie liefen durch meine Hände, ohne sich aufzulösen, und sammelten sich in der Ferne. Sie belasteten mich nicht, doch vom einen wurde ich müde, vom anderen schmutzig. Ein lauwarmer, hustender Zug brachte mich des Abends zur Endstation der Dunkelheit, wo ich das Buch zuklappte. *Reise ans Ende der Nacht:* Dieses Ziel bedeutete für mich nur die nächste Morgendämmerung, und ich hatte es nicht eilig, dorthin zu kommen. Erschöpft schloß ich die Augen, neben mir mein zartes Mädchen.

Eines Morgens waren wir – ein alter Maurer und ich – am Rand des Sanità-Viertels beschäftigt. Wir mischten ohne maschinelle Hilfe die Kubikmeter des Tages aus Sand, Kies und Beton zusammen und rührten alles mit Wasser an. Die Arme bewegten sich von alleine, versunken und abwesend blickten wir auf unser Gemisch. Der Atem senkte sich im Takt der Schaufel. Zwei angeberisch gekleidete Halbstarke kamen auf einem Motorrad vorbei. Sie hielten an und schauten uns zu, und dann sagte der eine zum andern: «Sieh dir das mal an: so was würde ich ja nie machen!»

Mein Kamerad hob die Augen von dem Gemisch und versuchte sie zu entflammen, als würde er sie ganz langsam aus der Ferne oder aus einem Buch zurückholen. Er sah mich an. Eine Antwort suchend, oder einen Ausdruck der Empörung, appellierte er an mein Blut. Ich reagierte nicht. Für mich war die Verachtung dieser Wichtigtuer verschlissen, abgenutzt, nichts im Vergleich zum kühlen Zorn eines Céline: «Diese Jugendlichen sind wie Furunkel, deren Eiter sie schmerzt und aufbläst.»

Ich erwiderte den Blick nicht. Es waren die Jahre der vereinzelten Entrüstung, jeder war mit der eigenen Wut alleine, ein gemeinsames Aufbegehren gab es nicht mehr. Ich beugte mich mit noch größerer Energie über das Gemisch, schaufelte noch schneller: Mein Freund, das ist noch gar nichts, hätten sie uns mit dem Doppelten beladen, würden wir es auch ertragen. Sollen sie doch endlos ihren Motor aufdrehen, bis die Waffe im Schulterhalfter vom Achselschweiß getränkt ist. Sie werden sich breitmachen in einer engen Welt, während wir zu denen gehören, die niemandem den Platz streitig machen wollen. Und niemand wird uns unseren Platz wegnehmen.

Aber ich sprach nicht, sagte kein Wort, manchmal kam während eines ganzen langen Arbeitstages nur der Atem über meine Lippen.

In anderen Städten war ich einer aus Neapel, diese Herkunftsbestimmung genügte den anderen ebenso wie mir. In Neapel wurde mir das nicht angerechnet. Die Arbeiter, die meine Sprache sprachen, sahen einen Fremden in mir. Für sie war ich einer aus einer anderen Stadt; die schwere Arbeit hatte bei mir andere Spuren, andere Verhaltensweisen hinterlassen. Ich machte pünktlich Feierabend und ließ die Arbeit liegen, wo sie war, während die anderen noch weiterarbeiteten, ihre Zeit verschenkten. Ein kurzer Gruß genügte, und schon ging ich mich waschen. Vor Ort ist man ein Fremder, genau dort, wo man geboren wurde. Nur dort kann man lernen, daß es kein Land der Heimkehr gibt.

Ein Schuttkegel, angehäuft in einem Gewölbe unter den alten Stadtvierteln, brannte tagelang vor sich hin.

Es gibt Städte, die sind auf Wasser gebaut, andere scheinen über dem Nichts zu schweben. Neapel stand auf einer Krume aus Tuffstein, durchbrochen von Höhlen, unterirdischen Gängen, aufgegebenen Kanälen. Das Erdbeben, das sich darunter entlädt, findet Luftkammern, in denen es in Wellenbewegungen widerhallt, singt, grollt. Johannes versuchte in der Apokalypse, dem letzten Buch, dieses Geräusch zu beschreiben.

Von Zeit zu Zeit geben die steinernen Laderäume an einer Stelle nach, und der Untergrund steigt nach oben. Der Schuttkegel brannte tagelang. Eine Rauchfahne stieg in den Himmel, ich sah sie von der Piazza Cavour aus, witterte sie. In dunklen Flocken fiel die Asche des verbrannten Unrats herab, den ich zu erkennen versuchte.

«Nichts zwingt die Erinnerungen so sehr ans Licht wie die Gerüche und die Flammen», schrieb Céline, während sein Zimmer in Afrika verbrannte und er an ein Feuer in Paris denken mußte. Mir ging es anders: Ich sah in der Nacht eine Raffinerie explodieren, am Tag brennendes Benzin auf den Straßen, ich sah Felder, die in Flammen standen – diesem Feuer jedoch ähnelte gar nichts. Ich spürte, wie unter der Erde ein Friedhof verbrannte: Knochen, Schuhe, Rosenkränze, Blumen, Leuchter, Kreuze. Ich schnupperte, um dem Katalog des Brennbaren weitere Gerüche hinzuzufügen. Der Rauch stieg aus der eingestürzten Grube auf, aus den Straßenschächten, aus den Rohren, aus einer vollständigen Einäscherung. Ich wollte ihn mir in die Nase einprägen, ich glaubte und glaube noch heute, daß die Stadt zu diesem Zeitpunkt ihre Seele – wenn sie je eine besaß – ausgehaucht hatte.

Der Winter hatte sich bis in die Mitte des Frühlings gedrängt. Zu Hause am Abend wenige Sätze: Was denkst du, wo bist du morgen, bleib nicht wegen mir wach. Wecke mich nicht, warte nur ab; bis der Sommer kommt, haben wir nach und nach etwas auf die Seite gelegt. Schon war die wilde Haarmähne in einem losen Knäuel am Fenster: Sie trocknete sie an der Sonne, es war Mai. Sie wusch mich ab, den Geruch des Harzes, des hölzernen Schlafes. Sie entfernte ihre Sachen aus dem Zimmer. Ich bleibe auch nicht hier, wenn du gehst. Sie weinte in die Höhlung meiner trockenen Hände, kein Tropfen fiel zu Boden.

Die *Reise* war beendet. Der Ich-Erzähler kehrte nach Paris zurück, zu einem lärmenden Fest in einem der Stadtviertel. Die Buchseiten waren zerfetzt, ich hatte Teile verloren im ständigen Gedränge der vielen Menschen. Die letzten zwanzig Seiten behielt ich zusammengefaltet in der Tasche und las sie wie einen Brief. Sie hatte mir keinen hinterlassen. Draußen vor der U-Bahnstation warf ich die Seiten auf einen Abfallhaufen. Ich behielt niemals meine Post.

«Weit entfernt pfiff ein Schlepper», der letzte Absatz des Buches klang nach einem Kahn auf der Seine. Der imaginäre Ton blieb mir im Ohr, während ich den großen Platz überquerte. Ich wartete auf ein Pfeifen, die Sirene eines vorbeifahrenden Zuges, der rechtzeitig auf jenen Ruf antworten würde. Damals wünschte ich mir noch, Bücher möchten wie Schutzengel die Abschiede begleiten. Die Stadt antwortete nicht.

Eine besondere Grube

Als ich die Kloake fand, war ich glücklich, aber ich konnte nicht lächeln. Zu viele Tage der Gefahr hatten an meinen Nerven gezerrt. Mit der Spitzhacke schlug ich ein Loch in den oberen Teil des Abwasserkanals, den ich nun endlich erreicht hatte, und atmete seinen Gestank ein wie den Duft des Sieges. Ich war nicht verrückt geworden, im Gegenteil, ich war in Sicherheit.

Schon vor vielen Tagen hatte man mit dem Ausheben des Grabens begonnen. Er führte vom Haus quer durch den Garten und endete an der Straße, die er zur Hälfte blokkierte. Da unten, in einer uns unbekannten Tiefe, sollten wir den Kanal finden. Anfangs hatten noch viele von uns gegraben, aber als die Grube tiefer wurde als ein aufrecht stehender Mann, waren wir nur noch zu zweit. Sie war einen Meter breit, das Minimum, um sich noch bewegen zu können, und zuletzt, als ich den Kanal fand, war sie sechs Meter tief. Unsere Aufgabe war es, eine Rohrleitung vom Haus zum Sammelkanal zu legen.

Zu zweit gruben wir in diesem engen Schacht mehrere Tage lang, und jeder Tag war dunkler als der vorige. Den Erdaushub füllten wir in Behälter, die von oben mit einer Winde heruntergelassen wurden. Bei Sonnenaufgang stiegen wir hinab und kletterten, abgesehen von der Mittagspause, erst um fünf wieder heraus. Auch wer nicht vom Fach ist, weiß, daß eine Grube wie diese an zwei Seiten mit vertikalen Balken und Stützstreben abgesichert werden muß, ansonsten besteht Einsturzgefahr. Der Vorarbeiter scherte sich nicht darum. Also gruben wir zu zweit, von Angesicht zu Angesicht, wohl wissend, in welch teuflischer Falle wir uns befanden. Wer waren wir, und warum gingen wir dieses Risiko ein?

Der eine war Algerier, vierzig Jahre alt, ein einfacher und wortkarger Mann. Er war als letzter auf die Baustelle gekommen und konnte sich nicht weigern, denn er wußte: Man hätte ihn sofort vor die Tür gesetzt. Überflüssig zu erwähnen, daß er auf diese Arbeit – seine erste Stelle in Frankreich – angewiesen war. Er war erst seit kurzem in Paris und sprach nur wenige Worte Französisch. Der andere war ich, ein zweiunddreißigjähriger italienischer Hilfsarbeiter, bereits seit mehreren Monaten auf der Baustelle beschäftigt und vom französischen Vorarbeiter gerade noch geduldet. Morgens war ich einer der ersten, aber abends ebenfalls: Ich machte als erster genau um fünf Uhr Feierabend. Es schrillte keine Sirene, jeder mußte sich nach sich selbst richten, und das hatte zur Folge, daß kein Arbeiter pünktlich aufhörte, da er sonst fürchten mußte, als arbeitsscheu zu gelten. So kam es, daß jeder von ihnen dem Auftraggeber, der ein Experte in derlei Kniffen war, unbezahlte Arbeitszeit schenkte. Ich hörte Punkt fünf auf, und außerdem wollte ich an den freien Tagen keine Überstunden machen. Dies widersprach natürlich der Annehmlichkeit, flexibel über die Hilfsarbeiter verfügen zu können. Ich war ganz und gar nicht flexibel, sondern eher starr, mit verhärteten Muskeln und einem festen Schlaf. Gerne übertrug man mir die anstrengendsten und schmutzigsten Arbeiten. Ich war der einzige Hellhäutige, der sie machte.

In der Mittagspause unterhielt man sich bei stark gewürzter Wassersuppe in der ungehobelten französischen Umgangssprache, dann kehrte jeder wieder zu seinen muttersprachlichen Gedanken zurück. Sie nannten mich Italien, aber ich fühlte mich nicht als Teil einer Nation, ich verteidigte nicht die Farben eines Trikots oder eine Hautfarbe, nicht einmal meine eigene. Ich akzeptierte den Spitznamen. Italien arbeitete hart und nahm niemandem den Platz weg, denn niemand wollte seinen Platz. Ich brauchte diese Arbeit, hatte sie nur mit Mühe gefunden, nachdem ich wochenlang die Vororte von Paris durchkämmt hatte. Und nun wollte ich sie behalten, trotz aller verdammten Vorarbeiter. Brauchte er einen Vorwand, um mich hinauszuwerfen, würde ich ihm diesen nicht liefern, ich wäre bis in den Schlund der Hölle hinabgestiegen, aber ich würde keinen Rückzieher machen.

Und deshalb standen in diesen Tagen zwei Männer, die sich nicht kannten und voneinander nicht einmal den Namen wußten, von Angesicht zu Angesicht in einer Grube und riskierten Kopf und Kragen auf der Suche nach einem Abwasserkanal. Jeder Meter des Loches verengte den schmalen Streifen Himmel über uns. Jeder Meter des Loches konnte einstürzen und uns lebendig begraben.

Die anderen Bauarbeiter sprachen morgens schon gar nicht mehr mit uns, sondern gingen schweigend an ihre Arbeit. Mittags bot uns jemand etwas zu trinken an. Ich lehnte ab, in all den Tagen hatte sich in mir eine blinde Wut auf die anderen angestaut, ein unterschwelliger Zorn, der mich die Stunden dort unten ertragen ließ. Wie lange dauerte es wohl noch? Nicht einmal sehr lange, vielleicht knappe zwei Wochen. Am Ende der ersten Woche begann mein Gegenüber schlappzumachen. In der nur von einer Lampe erhellten Dunkelheit – dort unten war es sogar am Mittag nachtschwarz – sah ich diese runden, weit aufgerissenen Augen, das schweißtriefende Gesicht, erklang das mechanisch wiederholte Flehen, das ich bis heute noch hören kann, wenn ich mir die Ohren zuhalte: «*Trouvé? Tu l'as trouvé?*» Die rauhe Stimme eines Mannes, der sich verloren fühlt, das immer gleiche Keuchen in den Gräben dieses Jahrhunderts. Nein, ich habe ihn noch nicht gefunden, aber wir müssen ganz dicht dran sein. Laß dich auswechseln, mein Freund, der Vorarbeiter hat ja nichts gegen dich, du hast deinen Teil getan. Das sagte ich zu ihm, daraufhin wurde er ruhig, sprach nicht mehr. Er hatte die anderen algerischen Arbeiter bereits gefragt, niemand wollte dort hinuntersteigen. Also sagte ich ihm, daß die Grube nachts einstürzen würde, niemals tagsüber, wenn alles trocken ist, nachts vielleicht schon, wegen der Feuchtigkeit. Ich erfand Erklärungen, und ein wenig glaubte er mir, ich hatte ja Schulbildung. Diese Grube würde nicht einstürzen, er hatte schließlich nicht das Meer überquert, um zusammen mit einem Neapolitaner begraben zu werden, wir würden eher auf dem Meer sterben, in den Bergen, aber doch nicht dort unten. Letzteres sagte ich ihm jedoch nicht, denn man soll nicht vom Tod sprechen, wenn man mit beiden Beinen im Grab steht. Ich versuchte ihm die Angst zu nehmen, aber das tat ich um meinetwillen, denn ich brauchte ihn, zu zweit würden wir es schneller schaffen. Wenn er aufgäbe, sich kündigen ließe, müßte ich ganz alleine weitergraben, würde länger brauchen, mehr riskieren. Aber warum muß ein Mensch so leiden, warum muß er sich in dieser Welt das Brot für seine Kinder mit einem Strick um den Hals verdienen? Für mich war es nur eine Frage des verletzten Stolzes, aber ihm ging es um sein Brot, das er in unser salziges Wasser eintauchen mußte, welches im Geschmack so sehr den Tränen gleicht. Und dann überlegte ich, daß er doch keine Hilfe für mich war, daß ich dort unten besser ohne ihn zurechtkommen würde. Also ging ich in der Mittagspause zum Vorarbeiter, der mich feindselig musterte und schon bereit war, mir zu sagen, daß dies meine Arbeit sei, und falls ich sie nicht wollte, so könne ich ja gehen. Ich hatte ihn das schon zu anderen sagen hören. Vor allen Bauarbeitern erklärte ich ihm, daß man sich dort unten nicht mehr umdrehen und daher zu zweit unmöglich weitermachen könne und daß der Kanal inzwischen ganz nahe sei. Ich bat ihn, mich die Arbeit alleine beenden zu lassen. Er sah auf seinen Teller und nickte.

Und so kletterte ich nach der Mittagspause alleine in die Grube zurück. Zum erstenmal in diesen Tagen war ich dort unten ganz ruhig, ohne den anderen Mann fühlte ich mich erleichtert. Ich arbeitete nun nicht mehr nur mit der Spitzhacke, sondern mußte auch schaufeln. Ich würde länger brauchen, aber ich hatte nicht mehr diese Augen im Nakken, dieses Keuchen (*«Trouvé? Tu l'as trouvé?»*), die ganze menschliche Materie, die unter dieser Schmach vor Schweiß troff und, ohne es zu wollen, vom allerletzten Unbekannten Rettung erflehte. Aber das verstehe ich erst jetzt, da ich mich zum erstenmal wieder an jene Tage erinnere. Damals dachte ich nur, daß ich niemanden brauchte, um diese verdammte Kloake zu finden. Ohne sein Leiden fühlte ich mich befreit. Den Sammelkanal jedoch fand ich nicht sofort. Es vergingen so noch einige Tage, der Morgenhimmel im August in Frankreich war strahlend schön. Vom Grund der Grube aus erschien er wie ein Kanal. Ich schwitzte kaum, denn dort unten war es kühl. Manchmal zeigte sich jemand am Rand der Grube und fragte: «*Ça va?*» Und ich antwortete stets: «*C'est la villégiature.* Es ist wie in der

Sommerfrische.» Wenn oben auf der Straße ein Lastwagen vorbeifuhr, bröckelte die Erde von den Seitenwänden der Grube ab. Es war ihre Art, zu schwitzen, die Muskeln anzuspannen, um nicht zusammenzubrechen: Die Grube schwitzte Erde aus. Sie ist auf meiner Seite, dachte ich. Manchmal gelingt es einem selbst bei harter Arbeit nicht, den Kopf abzuschalten, und so hat jemand, der acht Stunden am Tag alleine in einer Grube steht, eine Menge Zeit, sich Geschichten und Märchen auszudenken. Ich gebe zu, daß ich mir vorstellte, dieser Schlund hätte einen Körper und eine bestimmte Absicht, zum Beispiel, freundlicherweise nicht über mir einzustürzen.

An einem Tag warf jemand aus Spaß ein selbstgebasteltes Kreuz in die Grube, zwei Holzstücke, die mit einer Schnur zusammengebunden waren. Es fiel neben die Spitzhacke. Sie richten mir die Wohnung ein: Ich verspürte den Drang, sofort hinaufzuklettern und mir den zu schnappen, der mit mir Totengräber spielen wollte. Ein Toter, der mit dem Kreuz in der Faust aufersteht und den Trauerzug verjagt – da mußte ich schmunzeln.

Als ich die Spitzhacke in die Erde schlug und das Eisen mit einem Dröhnen von der Rohrleitung abprallte, war ich glücklich. Aber ich konnte nicht mehr lächeln, die Nerven hatten meine Gesichtsmuskeln so angespannt wie einen Bindfaden, der den Braten in der Röhre zusammenhält. Ich wollte schreien, aber nicht einmal das wollte mir gelingen. Mit der Schaufel legte ich sorgfältig den Durchbruch frei, und mit einem Hieb der Spitzhacke durchschlug ich das Rohr, auf das ich endlich meine Füße setzen konnte. Ob schon jemals ein Mensch froh war, Scheiße zu riechen? Ich war es und gleichzeitig von wildem Stolz erfüllt, es geschafft zu haben, und so verband sich jener natürliche Geruch mit dem unnatürlichen, widerwärtigen Gemisch der Gefühle, das ich in den vergangenen Tagen empfunden hatte. Scheiße zu Scheiße, dort unten muß ich wohl in diesem Augenblick meinen Frieden gefunden haben, auch wenn ich mich jetzt nicht mehr daran erinnern kann. Ich weiß nicht, wer in diesem Augenblick der Beschissenere war – der Kanal oder ich. Ich will nicht schlecht von mir sprechen: Wenn sich der eigene Lebensweg zu einer schmalen Gasse verengt, schöpft man oft Energie aus trüben Quellen, um sich durchzuschlagen. Jene stolzerfüllten Gedanken halfen mir, dort unten auszuhalten, ohne die Flucht zu ergreifen. Sie haben mir einen guten Dienst geleistet, aber es waren Gedanken aus Scheiße. Ich war glücklich, es diesem Mistkerl von Vorarbeiter gezeigt zu haben, dem der Tod eines Hilfsarbeiters, begraben unter einem eingestürzten Stollen, völlig egal gewesen wäre.

Ich kletterte an diesem Tag früher als sonst heraus, und jeder fragte mich, ob ich den Kanal gefunden hätte, wohl mit der Befürchtung, ich hätte aufgegeben. Ich antwortete, indem ich mir mit den Fingern die Nase zuhielt. Aus der Sommerfrische zurück? Sie waren froh, daß ich es geschafft hatte. Jedem von ihnen war bewußt, daß sie den möglichen Tod eines Kameraden in Kauf genommen hatten, ohne etwas dagegen zu unternehmen. Aber sie konnten für mich nur etwas tun, indem sie entweder ihren kostbaren Arbeitsplatz riskierten oder sich an meine Stelle begaben; man kann von niemandem verlangen, aus der Reihe zu tanzen und die Stimme oder das Kreuz zu erheben. Die Menschen jedoch, die es zu schätzen wissen, wenn ein anderer ihre eigene unterdrückte Wut zum Ausdruck bringt, werden schließlich zu Freunden. An diesem Tag machten alle Arbeiter gemeinsam um fünf Uhr Feierabend. Punkt fünf war kein Mensch mehr an seinem Arbeitsplatz. Heute muß ich aus Sympathie darüber lächeln, damals achtete ich kaum darauf.

Für den Anschluß an die Hausleitung war noch eine weitere Woche nötig. Die hinzugekommenen Facharbeiter verlangten, die gesamte Grube nach allen Regeln der Kunst abzustützen. Der Vorarbeiter war wegen des Zeitverlusts völlig außer sich, und er nahm mich als Beispiel, um zu beweisen, daß kein Risiko bestünde. In seiner Aufregung wagte er sogar, mich im Beisein der Spezialisten zu fragen, ob von den Grubenwänden Erde abgebröckelt sei, wohl in der Hoffnung, ich würde zu ihm halten. «Als würde es hageln», lautete meine Antwort.

Vielleicht ist jeder einmal an irgendeinem Tag seines Lebens froh, endlich die Scheiße zu riechen. Ich weiß, daß ich mein Leben schlecht behandelt habe, daß ich es aufs Spiel gesetzt habe aus Stolz und aus Wut – und was einer sonst noch alles im Herzen trägt. Auch wenn später am Tisch der vielen Sprachen mein Platz hoch angesehen war und viele mich einluden, an ihrer Seite zu sitzen, wünsche ich mir, daß keiner mehr mit einer Spitzhacke losziehen und an sein eigenes Grab klopfen muß, in der Hoffnung, daß es für ihn noch nicht bereit sei.

Die erste Nacht nach einem Mord

Es war nicht die erste Nacht, in der ich mich in einen Hinterhalt legte, aber zum erstenmal kam ich zurück und hatte gemordet. Ich ging ins Haus mit einem einzigen Schmerz und einem einzigen Bedürfnis: der Kälte und dem Verlangen, Nera zu umarmen. Von allen Gedanken, die ich mir zuvor ausgemalt hatte, von allen Reaktionen, auf die ich vorbereitet war, kam mir jetzt nur dies in den Sinn: nach Hause gehen und sie umarmen. Nera lebte mit mir, sie war mager, hatte matte Haut und dunkle Haare, Pantoffeln an den Füßen und war so schön, daß man sie verstecken müßte. Wir waren zwanzig Jahre alt, hatten kaum Geld und wenig Platz. Sie lächelte selten, aber wenn sie es tat, dann blitzte das Weiße in ihren schwarzen Augen auf, und sie lächelte geräuschvoll, so als würde man eine Wassermelone mit dem Messer spalten. Auf ihrem Gesicht öffnete sich ein verschlossener Teil ihres Innersten wie ein Fenster, glänzte hell wie der Melonenspalt. Zu Nera kehrte ich eilends zurück, ich suchte nicht ihr Lächeln, sondern ihre Wärme, denn mir war so kalt. Sie lächelte nicht, sie wartete – denn seit kurzem hatte sie begonnen, auf mich zu warten, wie sie mir sagte. Sie wußte nichts von mir, wollte von meinem Wegbleiben nichts wissen, nichts vom Wohin und Warum, aber dann fragte sie, ohne ein Fragezeichen in ihre Stimme zu legen: «Hast du Hunger», «Ist dir kalt», «Hast du Zeit». Ich hatte gerade einen Menschen umgebracht, zum erstenmal, und ich spürte die Kälte in allen Gliedern, hatte eisige Hände und einen noch eisigeren Rücken. Keinen Ekel, keine Beklemmung, keine Angst – nur diese altbekannte Kälte, wie sie ein Kind empfindet, das die Winter in einer süditalienischen Stadt erlebt hat: Kein Haus hatte eine Heizung, und nur nachts im Bett wurde einem warm. Ich spürte die Kälte des Südens, in den Klassenzimmern mit den fehlenden Fensterscheiben genügten Mantel und Schal nicht, damit wir still auf unseren Plätzen blieben. Wir verhielten uns, wie von der Tarantel gestochen, stampften unter den Bänken mit den Füßen, hauchten unseren Atem in den Kragen. In jener Nacht spürte ich diese Kälte wieder, die ganze Winterkälte des Südens.

Sie wußte nicht, wohin ich manchmal abends ging, aber ich gab ihr immer den gesamten Monatslohn, und ihr genügte, daß ich nicht nach anderen Frauen roch. Ihre Nase war gerade wie ein Schiffsbug, und sie konnte Gerüche schon aus der Ferne wahrnehmen, sie aus einem Gemisch herausfiltern, selbst unter meinem Schweiß. Ich habe ihr niemals das Unrecht zugefügt, nach anderen Frauen Ausschau zu halten, ich war zwanzig Jahre alt und hatte mein Herz bereits verschlossen. In dieser Nacht hatte sie nicht an mir geschnuppert, wie sie es sonst immer tat, wenn sich die perfekt geformten Nasenlöcher unter ihren dunklen Augen weiteten und einen kurzen, trockenen Atemzug machten. Ich unterzog mich dieser Untersuchung immer gerne und ließ mir nichts anmerken, denn es war ihre Art, mich jedesmal aufs neue zu akzeptieren. Ein kleiner Scherz kam mir in den Sinn, und ich sagte mir: Wenn sie eines Tages zweimal an mir riecht, wird sie mich nicht mehr riechen können. Manchmal erfüllen sich Wortspiele genauso wie Prophezeiungen. «Dir ist kalt?» fragte sie, und ich nickte. «Gehen wir ins Bett.» Erst als ich mich auszog, fiel es mir auf: Sie war mir nicht mit ihrer Nase nahe gekommen. Dann drückte ich mich an ihr dunkles Fleisch, und nicht einmal ein Kuß kam über meine Lippen. Sie suchte meine Küsse nicht und gab mir auch keine, sie hielt mich nur fest, ihr Körper war stets bereit, meinem zu helfen, ihn zu wärmen. Nicht mein Atem zitterte, sondern meine Haut, scharenweise liefen mir die Schauder über den Rücken. So verläuft auch das Erdbeben, wenn es seine Stöße an der Oberfläche abgeladen hat und diese dann mit seinem nachfolgenden Zittern aufreibt und zermürbt. Wir umarmten uns, auf der Seite liegend, im Schraubstock der Liebenden, aber keine Bewegung verwirrte die Sinne, drängte zur Liebe. Wir lagen ganz still, unter ihrem glatten schwarzen Haar hielt ich die Augen geschlossen. Auf dem Rücken entluden sich die Schauder in Wellenbewegungen. Ihre magere Hitze genügte mir nicht, und so drehte ich mich um und preßte meinen Rücken an ihre Brust, nahm ihre Arme und schlang sie wie eine Decke um mich. Ich öffnete die Augen, sah noch einmal die Schüsse, sah den Mann zu Boden stürzen, der zuerst nicht sterben wollte und es dann nicht konnte, und dann die Gnadenschüsse, wie Fußtritte. Ein weiterer Mörder auf der Welt, der dieses Handwerk ebenso beherrschte, wie etwa eine Spindel in die Drehbank zu schrauben, Teile zu bearbeiten, exakt die Splitter abzuschlagen, vom Rohling die notwendigen Stücke zu entfernen. War dieser Getötete etwa Abfall, Überschuß? Das nicht, ich war kein traditioneller Handlanger, der von einer Brigade zur Durchsetzung ihrer Ziele angeworben wird. Ich war ein Mörder aus Blutrache, mit einem lange zurückliegenden Auftrag, den man nur auf diese Weise erledigen konnte. Stück um Stück entfernte ich aus meinem Fleisch den alten Groll der Väter, die Geschichten unseres im Süden vergossenen Blutes, das sich mit dem Blut dessen vermischt, der uns den Tod geschworen hat. Und für uns alle wird der Tag kommen, an dem wir nicht ganz so vorsichtig sind, und wir werden auf der Straße einem jungen Mann begegnen, der sich uns aus Kummer und Wut in den Weg stellt. Ich war zwanzig Jahre alt und hielt mich bereit, seit ich meinen Namen schreiben konnte.

Beim nächsten Kälteschwall schloß ich die Augen, sie zog mich ganz fest an ihre Brust, damit der Schauder sich legte, und schlang ihre Beine um meine. Nera, was für ein Glück, daß sie da war und mich festhielt, sie war das Zimmer, sie war die Nacht. Ihr geduldiger Körper wollte mich nicht verstehen, aber er verstand mich auch nicht falsch, meine Umklammerungen suchten keine Liebe, waren nicht einmal lustvoll, sondern etwas anderes, das gewaltige Andere, das sich unter den einfachsten Gesten verbirgt.

«Ist dir immer noch kalt», und die Körper wurden zu einem zweiteiligen Metallstück, das sich in die Drehbank schraubte, und vibrierend verloren wir nicht nur die überschüssigen Teile, sondern auch noch den Rest. Wir sprachen nicht, es gab nur die Liebe, die dauern wollte, die Liebe der Zwanzigjährigen, denen die Worte zu scharf waren, die Liebe, die man sich gegenseitig entzog, bis man nur noch Wärme austauschen konnte.

Es war nicht wie damals, als ich zu lange unter Wasser geblieben war, um einen Kraken aus seinem Schlupfwinkel herauszuwinden. Als ich völlig atemlos wieder nach oben kam, brannte die Luft, die ich gleich nach dem Auftauchen einsog, so sehr wie der allererste Atemzug, der die wäßrigen Lungen eines Neugeborenen zerreißt. Damals war mir an einem Tag mitten im Juli kalt; ich zitterte wie bei einem Malariarückfall. Nera bedeckte mich mit Sand und legte sich dann auf mich und hielt mit ihren Händen meinen Mund fest, damit das Zähneklappern aufhörte. Sie war mir schon im Wasser entgegengelaufen, hatte mich an den Strand gezogen. Ich konnte mich nicht mehr auf den Beinen halten, und sie ließ sich auf mich fallen, weil sie das Gewicht, den Körper ablegen wollte. Und am Strand, in der Sonne, lösten sich die angespannten Nerven und begannen ruckartig zu zittern, ein Zittern, das sich, aus der Tiefe kommend, an der Oberfläche entlud. Es war die Kälte eines Körpers, der dem eisigen Griff des Todes, der das Herz wie eine Zitrone auspreßt, gerade noch entrinnen konnte. Es war die stürmische Kälte des Lebens, das den abgesoffenen Motor noch einmal startet, sich elektrisiert, Nerven und Luft durchpeitscht. Aber damit war die Kälte meiner ersten Mordnacht überhaupt nicht zu vergleichen. Damals, unter dem Sand und unter der Sonne und unter ihr – also unter den schönsten Stoffen des Lebens –, konnte ich mich wieder aufwärmen. Und als ich nicht mehr fror, bemerkte ich die Male der Saugnäpfe auf meinen Armen, Geschwüre, die entstanden waren, als mich der Krake in seiner Höhle umklammerte. Es muß ein Moment gewesen sein, in dem nicht ich den Kraken suchte, sondern er mich, eine Stelle auf dem Meeresboden, an der ich die Jagd aufgegeben hatte und er die seine begann. Ein Krake in seiner Höhle, selbst wenn er nur einige Pfund schwer ist, kann einen Mann festhalten und ihn ersticken lassen, wenn dieser sich nicht rechtzeitig aus seinem Griff befreit, indem er die Tentakel durchschneidet. Ich hatte kein Messer dabei, doch irgendwie befreite ich mich alleine, oder er hatte mich losgelassen. Ein weiser Krake auf dem Meeresgrund hatte mich den Tod gelehrt.

Sehr viel später kam mir einmal der Gedanke, daß ein Mörder den Tod kennen muß, bevor er ihn überbringt. Die Male auf meinem Arm waren den ganzen Sommer lang meine Tätowierung.

Die Kälte im Bett wollte nicht weichen, die Umarmung genügte nicht. Ein eisiger Durchfall, der an den Nerven zerrte und mich auslaugte. Nera sagte nichts, ich spürte ihre Kraft, ihre angespannten Muskeln, und ich schlang ihren Körper um mich wie einen Pelzmantel. Sie schwitzte vor Anstrengung, war wie von der Liebe erhitzt, aber sie atmete nicht sehr heftig, beschnüffelte mich nicht liebevoll. Sie hatte ihre Wange auf meine Wirbelsäule gelegt, und nun lauschte sie mit dem Ohr auf meinem Rücken, wie mein Herz schlug, wie es langsam schlug, und das gefiel ihr. Ihr gefielen die langsamen Schläge, die kraftvollen Schläge einer Faust, einer Trommel, und sie sagte mir: «In dir klingt es wie eine Ramme.» Es war ein Geräusch aus ihrer Kindheit, ihr Vater war Ingenieur und nahm sie auf die Baustellen mit, und diese Schläge, die den Boden für das Fundament verfestigten, waren der Stolz des kleinen Mädchens, das ganze Tage bei den Bauarbeitern verbrachte. Mein Herzschlag erinnerte sie daran. Sie hielt ihr Ohr an meinen Rücken und hörte mir zu, nichts würde sie dazu bringen, sich umzudrehen, auch keine Zärtlichkeit. Sie lag da, um den Körper eines Mörders zu wärmen, eine einfache, ernsthafte Arbeit, die schon unzählige Frauen vor ihr verrichtet hatten, eine Arbeit, die sie nicht lernen mußten und die sie, ohne zu fragen, machten. Ihr Körper kam mir mit seiner inneren Hitze zu Hilfe, und das hatte nichts mit Liebe zu tun, sie hätte es auch so getan. Selbst dann, möchte ich glauben, wenn ich ihr vorher gesagt hätte, daß dies meine erste Nacht als Mörder war. Aber ich sprach nicht, habe nicht gesprochen, und auch wenn ich es jetzt aufschreibe, ist es nicht meine Stimme, es ist kein Sprechen, sondern ein Erzählen, ich schicke meine Worte ins Leere und muß keinem in die Augen blicken. Und man kann die Wahrheit nach Belieben glauben, entweder nichts davon oder auch alles, aber es bleibt immer eine Erzählung und trägt nicht meine Stimme. Nur Nera weiß, daß ich damals ihren Körper gesucht habe, weil ich einen Unterschlupf brauchte, weil der Winter auf die Äste und Zweige meiner Nerven gefallen war, und ich hätte nach Zeitungen, Pappe oder Heu gesucht, wenn sie nicht dagewesen wäre. Aber sie war da, voller Gier hielt ich sie mit meinen Armen umschlungen. Nera kannte diese Seite von mir nicht, nur diese nicht, und nur sie kann im nachhinein erfahren, daß sie einen Mörder gewärmt hatte. Heute ist sie Mutter in irgendeinem besseren Bett, und vielleicht hat sie keinen eiskalten Mann mehr an ihrer Seite.

Die Kälte hörte nicht auf. So schob ich meinen Hintern in ihren Schoß, so weit, bis sie nachgab und ich mich in ihre Wölbung schmiegen konnte. Sie ließ mich gewähren, Männer sind Tiere, die man von hinten packen muß, und die Frauen kümmern sich schon seit jeher um das Vieh. Sie hielt mich wie eine kranke Ziege, die man nicht verlieren will und die man im Haus lassen muß, weil die kalte Winternacht sie sonst vermutlich umbringen würde. So war ich ein Tier an ihrer Seite, in ihrer Wölbung. Ein Erdloch, in dem ein Mann von zwanzig Jahren Zuflucht suchte, dem bewußt geworden war, ein Tintenfisch zu sein, und diese Kälte war der Arm, der an ihm zerrte, blindlings nach ihm in seiner Höhle griff. Die Liegestellung war ungemütlich, und mit einem stärkeren Stoß schob ich sie weiter nach hinten, bis sich ihr Gesäß an die Wand drückte. Nera lachte sanft. Sie lachte, und mir war nicht mehr kalt. Sie lachte, ein Glucksen stieg aus ihrer Kehle in die Luft, gedämpft wie trabende Hufe im Schnee, sie reagierte auf meine Herzschläge und gab mir dieses kurze Lachen, den Klang aus ihrer dunklen Brust, zurück. Ich hielt still, und sie legte wieder ihr Ohr an meinen Rücken. Die Kälte war verschwunden. Ich wartete, ob sie wiederkam, achtete auf Anzeichen eines neuerlichen Ansturms auf meine Nerven. Es hatte wirklich aufgehört. Und so löste ich mich nach einer Weile aus ihren Händen, drehte mich um und sah sie an. Nera dagegen schaute nur an die Decke und hatte einen leeren Gesichtsausdruck. Die Hitze hatte sie völlig ausgelaugt, ihre gerade Nase beschnupperte das Zimmer, sie hatte das Profil der Frauen von der Küste, an deren Nasenlöchern der Wind vorbeistreift. Der Mund war ernst, müde, und er stand ein wenig offen, so daß eine glänzendweiße Zahnreihe sichtbar wurde.

Sie fand sich selbst erst wieder, als sie sich mit Gewalt von mir löste, ohne mich zu berühren. Ich wünschte, sie hätte an dem Tag, als sie bei meiner Rückkehr aus der Fabrik im Mantel und mit gepacktem Koffer auf mich wartete, ein zweites Mal mit ihrer Nase meinen Geruch eingesogen. Sie aber hatte, als sie meine Sachen aufräumte, eine Schachtel mit Patronen gefunden. Ihre Hände waren von der Schmiere ganz schwarz, und das war eine gute Ausrede, um sich nicht berühren zu müssen. «Nera», denn ihr Name war alles, was mir über die Lippen kam, und sie erwiderte: «Nein.»

So also verlief meine erste Nacht als Mörder. Ich hatte die Tat meiner Väter vollendet, die einen Mann an die Familie bindet und ihm gleichzeitig eine Zielscheibe auf das Herz stickt.

Es folgten noch andere Nächte, in denen ich Blut vergossen habe, aber zu Hause wartete keine Frau mehr auf mich. Vom Morden wurde mir nicht mehr kalt, und ich brauchte auch keinen Körper mehr, um diese Nächte auszugleichen. Nera hatte mir ein für allemal das Rückgrat gewärmt, diesen gewundenen Stab, der dem Skelett einer Schlange so ähnlich ist. Denn wenn einer mordet, wird er nach vorne getrieben, wie bei einem Frontalaufprall, geradewegs, ohne bremsen zu können. Dann erfolgt der Rückstoß, der Schuß entlädt sich nach hinten, vom Zeigefinger über das Handgelenk und den Arm bis zu den Wirbeln des Rückgrats, und dort bleibt er. Der Tod endet auf dem Rücken.

In jener Nacht schlief sie völlig erschöpft ein, und ich lauschte dem Atem ihres Schlafes: Er war heiß und stark, ich nannte ihn Schirokko, der Hauch eines Windes, der auf seiner Reise nicht über Gärten hinweggestrichen war, sondern über Sand, und das bißchen Feuchtigkeit, das in ihm war, hatte er erst aufgenommen, als er das Meer überquerte.

Ich drehte ihr erneut den Rücken zu und hörte die Böen ihres Schirokkoschlafes, die ich dankbar empfing, wie ein Segelboot. Mein Rückgrat war der Hauptmast, meine Schultern die Seitensegel, und ihr Atem war der Wind dieser Nächte, die mich immer weiter fortgetragen haben.

Liebe

Die Liebe war noch intakt, als wir sie zerrissen. Heute zerlege ich sie in verschiedene Phasen, teile sie in ein Prinzip, einen Körper, ein Verlöschen. Damals waren wir ganz eng miteinander verflochten, im rechten Winkel der Körper konnte man meinen von ihrem nicht mehr unterscheiden. Jetzt ist es Liebe, verbrannte Erde, aus weiter Ferne gesehen, zuvor war es dichter Wald, feucht und himmelslos.

Sie wollte mich haben. Aus einer Masse von Köpfen an einem Abend in der Osteria hatte sie mich ausgewählt, mich herausgezogen, so wie ich war, vergilbt, ein Blatt voller Adern und Runzeln, zerfasert wie Rosenholz, dicht wie traumloser Schlaf. Sie war zu mir nach Hause gekommen, hatte dort gekocht und war dann geblieben, um meiner Musik zu lauschen. Sie kam ganz nahe und hörte zu, ihr Ohr unter meinem Mund, bis sie ihre Lippen auf den Gesang legte und ihn auslöschte, wie zwei feuchte flinke Finger eine Kerze auslöschen. Einen Augenblick lang trennte uns noch das Holz der Gitarre, dann nichts mehr.

Sie kam zu mir, obwohl ihr Leben so ganz anders war: ihr Haus, die früheren Zimmer, die Freunde mittleren Alters, die paarweise verschlossen die Abende miteinander verbrachten, ihr Mann, der sich schon kniend in der Kirche bereithielt. Obwohl ihr Leben so ganz anders war: Wie lange konnte das dauern, einen Monat? Es dauerte ein Jahr, ein volles Jahr gegen all die vergangenen und zukünftigen Jahre, ein Jahr, um vor Glück zu schreien und zu jauchzen, das plötzlich weitgeöffnete Fleisch zu feiern. Ich hielt daran fest, ohne zu verstehen: *amore*, Liebe? In der Eile, auf dem Sprung, sagten wir nur *'more,* ein paar ungelenke Worte, süchtig nach anderem. Ich kam von der Arbeit zurück, und dann folgten wir einander durch alle Zimmer, nur um beisammen zu sein, jeder in seine eigenen Gedanken versunken. Wir waren eins, auch wenn wir lasen, wenn ich eine der geliebten alten Sprachen studierte, mit dem Bedürfnis, daran zu wachsen.

Es wurde Sommer, es kamen Nachrichten – «Vielleicht verhaften sie dich», «Verschwinde», «Ich würde nicht gehen» – und der Gedanke, daß dies für sie eine Lösung wäre. Der Sommer, wir schmorten im eigenen Saft, immer stärker wurde das Verlangen, zu verweilen, zu verschmelzen, zusammen einzutauchen, den Atem anzuhalten: Unter der Oberfläche des Meeres formten wir mit unseren Körpern ein schwankendes Sternengebilde. Sie fragte mich nicht aus, weder über die Vergangenheit noch über das Danach, weil beides uns nicht gehörte. Sie gab vor, vielleicht schwanger zu sein, ich wußte, daß sie log, und es war mir egal. Wir häuften die Tage an, einige davon in den Bergen, wo wir klettern gingen. Sie folgte mir in allem, nur von dem Wunsch beseelt, bei mir zu sein. Das Bergsteigen gefiel ihr nicht, sich an kleinen Vorsprüngen über dem Nichts festzuklammern, mit mir nur durch das kümmerliche, einen Zentimeter dünne Seil verbunden zu sein, das wir in einer Schlinge oberhalb des Bauchnabels festgeknotet hatten. Sie hatte keine Angst, vor nichts hatte sie Angst, wenn sie bei mir war. In jener Zeit, in der sie ihr anderes Leben lebte, hatte sie jeden Zweifel aus ihren Gedanken verbannt. Sie keuchte vor Anstrengung, und auf dem Gipfel drehte sie sich kaum um, achtete nicht auf die plötzliche Weite des Horizonts, die sich am Scheitelpunkt des Berges eröffnete, nach so vielen Stunden, die man damit zugebracht hatte, wohlüberlegte kleine Schritte über dem Abgrund zu machen. Sie wollte nur mit mir kommen, schnell das Tagesziel erreichen, um dann ins Zimmer der gelösten Knoten zurückkehren zu können. Wir stiegen ins Tal hinab an grellweißen Kiesfeldern entlang, die so blendeten wie die Schürzen der Ammen, die an der Strandpromenade von Neapel in der Sonne saßen; sie korrigierte mich: wie hartgekochte Eier und Zwiebeln. Wir beschleunigten unseren Abstieg, rannten, sprangen ohne einen Schrei hinunter, zwischen den Steinblöcken, die an uns vorbeiglitten. Treppen hinabsteigen, Geröllfelder hinabsteigen: Plötzlich stellte sich ein Rhythmus der Schritte ein, der uns einander anschauen ließ, weil er dem Zucken unserer Umarmungen entsprach. Ohne ein Lächeln richtete sich unser Körper auf die nächste ein.

Manchmal weinte sie. Ihr Leben, das Haus, der zur Salzsäule erstarrte Ehemann, der, auf dem Marmor kniend, seine Wiederauferstehung an ihrer Seite erwartete, alldem trauerte sie nach. Anstatt ihr Vorhaltungen zu machen, liebkoste ich ihr Heimweh, eine Kammer, die mir verborgen blieb, selbst ein Kind gäbe sie dem Mann, der am Boden zerstört war. Ich war der Fremdling, der Grund ihres Kummers, das Herz eines wild gewordenen Bienenstocks, von dem man den Honig ableckt, aber mit einem bitteren Geschmack im Mund. Und ich glaubte, daß es niemals enden könnte, denn schon zu sehr waren unsere Körper ineinander verstrickt. Selbst wenn wir uns voneinander lösten, würden wir nicht mehr ganz uns selbst gehören, mein Körper war in ihrem Nervensystem verankert, und sie hatte mir den ihren unter die Fingerkuppen gebrannt, ein Fingerabdruck, den zu tragen ich verdammt war und den ich nie wieder loswerden würde. Ihre hingekritzelten Worte auf Zetteln und Papierservietten: «Ohne mich wirst Du verdammt sein», «Ich möchte Deine Narben», «Ich gehe weg mit der Angst, einen Frevel zu begehen».

So war jener Herbst voller Blätter, die nicht fallen wollten, und man mußte die Bäume schütteln, um den Winter zu erkennen. Nicht der geringste Windhauch kam auf, alles verharrte in einem gleißenden Licht. Sie hatte mir widerwillig ein Messer geschenkt, ein wunderbares *Pattada*-Klappmesser. Widerwillig: Ich hatte sie nicht darum gebeten, sondern es gefordert. Dieses Jahr hatte ich mein Messer beim Klettern in den Bergen verloren. Sie gab es mir, öffnete es und gab es mir, streckte mir die Klinge hin. Sie behielt es noch in der Hand, umklammerte es am Griff und drückte mir die Klinge in die Handfläche, entlang jener Furche, welche die Handleser die Lebenslinie nennen. Meine Hand war von Schwielen verhärtet, und so nahm ich es ihr ab, ohne mich zu verletzen. «Was wirst du tun, wenn ich fortgehe?» fragte sie mich. «Ich werde nichts tun, überhaupt nichts, ich werde nicht verreisen, um zu vergessen. Ich werde jeden Tag aufstehen, wie immer hart arbeiten, und sonntags werde ich zum Klettern gehen. Spätestens nach einer Woche habe ich wieder gelernt, alleine zu schlafen.» Ich antwortete auf gut Glück, behielt auch recht, aber ich hatte nur für meinen Körper gesprochen.

Ich glaubte, daß sie ohne meinen Körper nicht mehr leben könnte, aber das war nicht der Fall, es war nicht wie damals, als sie auf dieser Bergkuppe zum erstenmal bei mir angeseilt war. Sie konnte die doppelte Öse der Liebenden jederzeit lösen, und nur der Rausch dieses Freiheitsgefühls hielt sie noch zurück. Noch einmal, nur noch ein wenig – jetzt war sie es, die Zeit gewann, Tage des Abschieds, den sie eingeläutet hatte. Ich verstand nichts, ich glaubte, in einer Felsnische zu rasten, dachte, daß sie den Aufstieg zu mir wieder aufnehmen, daß sie das Seil festhalten würde, das um ihre Taille, um ihr Leben geschlungen war. Noch einmal, nur noch ein wenig, es waren die Tage des Nocheinmal, und ich verwechselte sie mit den Tagen des Fürimmer. Sie ließen nicht nach, waren das Messer in der Hand, die Klinge in der Faust, *'more.*

Die Bitte, in den Vergnügungspark zu gehen, quittierte ich mit einem Erwachsenenlächeln. Wir verbrachten dort zwei Nachmittage. Als Kind hatte ich diese riesigen Spielsachen nie ausprobiert, und nun wurde ich wegen meines unpassenden Lächelns mitgerissen. Hätte ich verwegen wie ein kleiner Piratenjunge gelächelt, wäre ich wohl nie in diese halsbrecherischen Maschinen geklettert, die einem den Magen in Richtung Ausgang schleudern. Ich zwang mich zu atmen, schluckte die Luft hinunter. Sie war dicht hinter mir, klammerte sich an mich, um meine Verwirrtheit zu spüren, meine Überraschung, daß mir schwindelig wurde zwischen den einzelnen Flügen, den Abgründen, den Zentrifugen, den Loopings und dem ganzen Arsenal eines Ausbildungslagers für Astronauten. Ich stieg schwankend aus, versuchte, mein Äußeres wieder in Ordnung zu bringen, doch sie hatte bereits etwas Neues gesichtet; einen komplizierten Mechanismus, bei dem man einen derartigen Geschwindigkeitsrausch erlebte, als würde man in einem Motorkolben sitzen, der mit einem Druck aufs Gaspedal beschleunigt wird. Sie atmete mein Adrenalin ein: In den Bergen hatte sie es nicht gekostet und auch nicht während der Verhaftungswelle. Ich erkannte das Spiel und ließ mich darauf ein, sie war am Zug, ein weiteres Mal war sie am Zug, und sie spielte mit dem Feuer, der Streichholzschachtel, dem knisternden Schwefel. Der Wagen stürzte vom höchsten Punkt der Achterbahn nach unten, ein Ruck lötete mein Gebiß zusammen, und meiner Kehle entfuhr ein tiefes Knurren. Sie schloß die Augen nicht, sah auch nicht auf den aberwitzigen Streckenverlauf, sondern sie schaute mich an, kreischte und grub die Finger in meinen Arm. Meine Anspannung machte ihr Spaß. «Du hast Angst», keuchte sie mir heiser ins Ohr, und bei diesem Satz gab es kein Entkommen, keine Gegenwehr. «Du hast Angst», und hier gab irgend etwas von mir nach, ich kam nicht mehr ins Spiel, saß ohnmächtig in der elektrisierten, wirbelnden, sich überschlagenden Falle, und ihr spitzer Satz schlug eine Bresche in mein Herz. «Deine Augen sind ganz blutunterlaufen.» Zwei spätherbstliche Nachmittage im Vergnügungspark: Zwischen den menschenleeren Wegen waren die rotierenden Maschinen die Windmühlen, und sie zermalmten die letzten Schreie. Zu Hause beschnupperten wir uns erneut, verströmten den chemischen Duft des Blutes, zeichneten ihm einen anderen Weg vor, außerhalb seiner Gefäße, ritzten die Haut mit Nägeln, Wimpern, Zähnen und sahen zu, wie das Blut dem Flötenspieler, dem Rattenfänger an die Oberfläche folgte.

Goldener Spätherbst, unter der Pergola verfaulten vergessene Weintrauben in einem Schwarm fett gewordener Wespen. Von der Hängematte aus betrachtet, rötete sich der Himmel langsam über den Feldern, wir lösten uns voneinander, und ich kochte ein Fischgericht. So wird es immer bleiben, dachte ich, das wird es sein. Aber wenn ich versuchte, mir das Kommende vorzustellen, verhärtete sich alles in mir. Es war an Weihnachten, als ich meine Wäsche aus ihrem Schrank nahm und auf der Treppe, im Laufschritt, aus Versehen ein paar Stücke davon fallen ließ. Ein Jahr war vorüber, das Jahr ihres Lebens wider sich selbst, das Jahr der Liebeskrankheit, des *mal di 'more*, das Jahr, in dem sich unsere Fingernägel tief ins Fleisch der Glückseligkeit gruben.

Beiläufige Unterhaltung

Ich war Ende November 1980 aus Turin zurückgekehrt. Die große Fabrik hatte in einer einzigen Nacht vierundzwanzigtausend Gedecke aus der Kantine entfernt, vielleicht auch weniger, denn unter den Ausgesperrten waren auch die Arbeitsunfähigen. «Ihr könnt draußen essen.» Und draußen blieben wir vierzig Tage und Nächte. Niemand ging hinein, niemand kam heraus, wir hatten die Fabrik blockiert. Schließlich waren wir alle draußen, Freunde, Unbekannte, Besiegte.

Ich kehrte nach Neapel zurück, nachdem ich all diese Nächte vor dem Tor 11 einer Fabrik verbracht hatte, die wie Theben hundert Tore besaß. Halbwüchsige aus vielen Teilen Italiens waren dort drinnen zu Männern geworden. Der Herbst des Jahres 1980 nahm diese Leute mit, Blätter, die nicht fallen wollten. Nachts versuchten organisierte Gruppen feindlicher Arbeiter, die Blockaden an den Werkstoren zu durchbrechen. Ich drehte zusammen mit anderen nächtliche Runden durch die Straßen, durch den Nebel, auf der Suche nach diesen Gruppen. Die Verfolgungsjagden, die Faustkämpfe zwischen Männern, die ihren Schlaf verloren hatten – es waren die letzten Hiebe, die wir austeilten, und sie waren heftig.

Ich kehrte nach Neapel zurück, zu den frischen Trümmern, zu einem anderen Lager. Auch dort waren alle draußen, um sich nicht die Stadt auf den Kopf fallen zu lassen.

Eines Abends ging ich zu Alessandra. Mittlerweile hatte sie einen anderen geliebt. Nach dem Abendessen bot sie mir an, bei ihr zu übernachten, denn sie wußte, daß der Rückweg zu meiner Unterkunft sehr umständlich war. Übernachten! Ich hätte kein Auge zugetan in einem Haus, in dem sie körperlich anwesend war. Ich lehnte ab, ließ mich aber von ihr nach Hause fahren. Wortlos kamen wir dort an, sie stellte den Motor ab. Seite an Seite, mit dem Gesicht zur dunklen Windschutzscheibe, blieben wir sitzen, um zu reden.

«Es ist nicht so, daß ich sehr viel an dich denke, mein Lieber, aber oft vergleiche ich dich mit Leuten, die ich treffe, und habe dann das schmerzliche Gefühl, daß sie dir nicht das Wasser reichen können. Manchmal erwähne ich deinen Namen und finde ein paar glühende Worte für dich, nutzlos wie eine Kerze im Tageslicht. Die Sätze, die du nur begonnen hast, wie einen in der Luft schwebenden Gesang – ich habe sie alle beendet, und dennoch überkommt mich Mutlosigkeit. Doch was mir fehlt, ist nicht dein Körper.»

Sie sprach langsam, und versuchte, präzise zu sein, den richtigen Platz in der weiten Kluft zwischen uns zu finden. Während sie redete, stieg die Traurigkeit in ihr hoch, und allmählich kamen ihr die Nachmittage in den Sinn, vor einem Jahr, als sie alleine in einer fremden, freundlichen Stadt auf das Nachhausekommen eines Mannes wartete, den ich nicht kannte. Sie schüttelte ein melancholisches Frösteln von sich. «Etwas von dir hat mir die Sinne vergiftet, ich habe immer ein bißchen Fieber.»

«Nicht der Vergleich mit anderen Menschen macht dich krank, sondern die Distanz zu der Person, die du bei mir warst und die du jetzt nicht mehr wiederfindest. Du wartest darauf, daß morgens jene Frau aus dem Bett steigt, bei der einem Mann die Augen übergingen. Du suchst die Hingabe seines Körpers, der sich über dich beugt wie der Regenbogen am Himmel über das Feld. Und die Frau, die dazu fähig ist, findest du nicht mehr.»

«Sag nicht solche Dinge, und sprich mit lauter Stimme. Flüstere nicht, wir sind uns nicht nahe, wir sind weit voneinander entfernt, schrei!»

«Ich schreie mit geschlossenen Lippen, meine Liebe. Du suchst in einem Mann die Verzweiflung und den Stolz, Fäuste, die Abschiedsszenen – die Hölle, die du ganz leicht in ihm erwecken konntest. Du hattest ein Trillern in der Kehle, heiß und infam. Dort, wo du warst, stieß man Drohungen aus, und ich fürchtete immer, daß dich einmal irgendein Liebeskranker umbringen könnte. Auch ich hätte es gekonnt, wenn du andere belächelt oder dich, von mir gelangweilt, verschlossen hast. Nur die grausame Verschwendung deiner verblühenden Schönheit hielt mich zurück. Unheilverkündend deklamierte ich für dich: ‹Schöne Esther*, dein zwanzigster Geburtstag droht dir bald.› Du warst in Gefahr, weil du auf dem Gipfel deiner Schönheit warst. Wo du auch vorbeigingst, verblaßten die Spuren der anderen Frauen. Du wußtest, wie man, ohne etwas zu geben, alles verlangen konnte. Nicht ich bin es, der dir fehlt, sondern du selbst.»

«Vielleicht ist es so. Vielleicht kann es geschehen, daß eine Frau von vierundzwanzig Jahren plötzlich innehält, sich auf eine ruhige Liebe einläßt, die ihr ein Zimmer in einer weit entfernten Stadt bietet. Aber das erklärt nicht, warum mich dein Name schmerzt, warum du dich in meinen Nerven festgesetzt hast und ich keine Gelegenheit ver-

* Anspielung auf das «Buch Esther» im Alten Testament (Anm. d. Ü.)

passe, keine Andeutung versäume, denn irgend etwas versetzt mir unablässig Stiche. Warum?»

«Weil du dich nicht damit zufriedengeben kannst, für einen Mann weniger zu sein als das, was du für mich warst. Ich sehe dich heute abend und habe das Gefühl, ich müßte das Messer in meiner Tasche berühren, denn so könnte ich wenigstens in der Waffe deine Wut wieder spüren, deinen Sprung an meine Kehle. Jetzt habe ich keine Angst mehr um dich. Die Männer werden dich nicht mehr umbringen. Und ich werde nicht mehr durch die Lande ziehen und deinen Mörder suchen müssen, um mich ihm in den Weg zu stellen.»

Wir redeten auf die einzige Art und Weise, die wir gelernt hatten. Niemals in Ruhe, niemals, sondern fieberhaft, erregt; zwei, die sich in der Liebe gegenseitig erhitzten, einander die heißen Tränen entlockten. Unser keuchender Atem erinnerte an die Intensität unserer Umarmungen, von denen wir damals nicht genug bekommen konnten. Denn mit einem heftigen und schmerzvollen Ruck hatten wir uns gewaltsam voneinander gelöst.

Ich holte wieder Luft, dort an Alessandras Seite. Daß es mir gelang, kam mir seltsam vor. Ich sprach weiter, meine Stimme jetzt ein ausdrucksloses Flüstern.

«Mit zwanzig Jahren stellt das Leben hohe Ansprüche an uns. Sobald wir in einem Punkt nachgeben, sobald wir eine Schwäche zeigen, oder ein Innehalten, wird es zerbröckeln, verkrusten, uns Sand in die Augen streuen, und von diesem Augenblick an wird es unser Versagen vor sich herschieben, bis wir dies ganz plötzlich, nach vielen Jahren, endlich begreifen.

Mit zwanzig Jahren ist das Leben voller Parasiten, die nur

darauf warten, daß du auf etwas verzichtest, um sich dann bei dir einnisten zu können. In dem Moment, in dem du damit aufhörst, von einem Mann mehr zu verlangen, als er zu bieten hat, bleibt deine Schönheit auf der Strecke, sie verblaßt und bereitet dich auf das Leben einer Ehefrau vor. Du bist jedem Mann ins Blut gegangen. Wir waren ineinander gefangen, und deine Haut glänzte vor Schweiß. Und jetzt bist du soweit, wie eine Ehefrau zu werden.»

«Hör auf. Du weißt überhaupt nichts mehr von mir, überhaupt nichts verstehst du.»

«Ich kann es wirklich nicht verstehen. Erraten vielleicht, aber nicht verstehen. Du warst das Glück und das Leid, du warst das Jawort, das Nein zur Welt, und ich habe dich dafür bewundert. Ich höre gleich auf, Alessandra. Ich habe draußen mein Lager aufgeschlagen, denn ich gehöre zu dem Teil der Menschheit, den man vor die Tür gesetzt hat. Diese eingestürzte Stadt, wo man auf der Straße schläft, ist der richtige Ort für mich.»

«Ich hätte dich nicht in mein Haus lassen sollen. Ich meine nicht heute abend, sondern damals, an jenem Abend, als die Pizza unbeachtet kalt wurde und ich die Augen nicht von dir lassen konnte. Und ich es nicht erwarten konnte, bis du die anderen nach Hause gefahren hattest. Ich hätte nicht vor Verlangen brennen sollen, deinen Atem zu küssen, die Aura zu spüren, die deine Gesten und deine Stimme wie eine Musik begleitete. Ach, wie du der Richtige warst, wie du mir gefallen hast. Und jetzt, was hast du mir gerade eben gesagt? Du suchst in meinem Gesicht die Spuren einer Niederlage, schielst nach vorzeitigen Falten: Sieht so für dich der Schmerz einer Ehefrau aus? Auch du hast dich aufgegeben. Du bist Teil eines Zusammenbruchs, und nun? Ich mag vielleicht Sand in den Augen haben, aber du schleppst einen Koffer voller Trümmer hinter dir her. Du hast dir nicht einmal den Bart abrasiert, der dir während der Fabrikblockade gewachsen ist. Ja, nicht schlecht, so steht es dir ins Gesicht geschrieben: Innerlich bist du verstummt und äußerlich hübsch verziert. Ich kann dich nicht einmal ansehen, und nur so, von der Seite, kann ich überhaupt mit dir reden. Wo sind deine Augen geblieben, die immer so voller Zärtlichkeit waren? Es sieht so aus, als hätten sie nicht mehr geschlafen, diese unerträglichen Augen.»

Schließlich, nachdem sie mir Zeit gelassen hatte, dies alles zu verdauen, nahm sie meine Hand und sagte:

«Ich kann es nicht erwarten, bis du aus dieser Tür steigst, aus meinem Herzen, aus meinem Wagen. Und ich bitte dich, geh leise.»

Und so trennte ich mich von ihr und stieg aus, wartete noch ab, wie sie die Gänge hochschaltete, bis sie am Ende der Straße war. Um mich herum, trunken vor Müdigkeit, schlief eine Stadt, nur um zu vergessen. An diesem Abend war ich dreißig Jahre alt, und sonst nichts.

Die Geige

Als Großvater starb, wurde mir diese Macht übertragen: Ich nahm seine Geige zur Hand, und die Saiten klangen ganz von selbst. Wellengleich strömte eine Musik heraus, ein Solfeggio summender Bienen auf einer Margeritenwiese. Es war die Abendgeige, die Sonntagsgeige, die Tanzgeige. Großvater spielte sie, wenn er von seiner Schicht im Bergwerk nach Hause kam. Sie war seine Geschicklichkeit und sein Trost. Ich glaube, daß er sich immer nur deshalb sorgfältig wusch und die Kleider wechselte, weil er seine Geige in die Arme schließen wollte.

«Wie kannst du nur mit solchen Händen so schön spielen?» Er setzte die rußgeschwärzten, ledrigen Fingerkuppen präzise auf das Griffbrett, ohne jemals den Ton zu verfehlen. Er spielte Melodien, die er sich in den Stollengängen ausgedacht hatte, vor sich das Licht und die Dunkelheit im Rücken, während die Grube ebenso triefte wie seine schweißnasse Stirn. Mit all diesen Noten im Kopf kam er dann nach Hause, wo er sie kraftvoll zu Gehör brachte. Und wie war es nur möglich, daß so ein kleines Stückchen Holz eine solche Klanggewalt haben konnte? Es war eine Musik, die zwischen zwei Schlägen der Spitzhacke hervorgesprudelt war, in der Erde gefangene Töne, die mit seinen gezielten Hieben von der Schlacke befreit wurden. Während er Materie zertrümmerte, gewann er für das Bergwerk Eisen und für sich selbst Musik.

Sonntags spielte er auf den Festen Tanzmelodien und Volkslieder. Er nahm mich mit: Ich war stumm, aber er drängte mich, auch einen Ton hervorzubringen. Heraus kam ein ersticktes «A», das mit dem Ton der Geige übereinstimmte. Er sagte mir, daß im Bergwerk die Spitzhacke manchmal die gleiche Note hervorbrachte, wenn sie auf eine besonders harte Steinader traf. «Du und das Eisen, ihr habt eine Stimmgabel im Leib.» Er spielte, ohne auf das Griffbrett zu schauen. Er spielte für alle und niemals für Geld. «Das beleidigt die Musik.» Er wurde unter der eingestürzten Grube begraben, weit weg von seiner Geige. Nachdem meine Tränen versiegt waren, keimte jene Macht in mir auf. Ich nahm die Geige zur Hand, und die Geige begann zu klingen. Jemand beobachtete mich, wie ich im Schatten saß, und belauschte lächelnd dieses Spiel. Es gibt immer einen wohlmeinenden Aufpasser in einer stummen Kindheit.

Ich war mager, streifte durch die Berge und entfernte mich immer weiter vom Dorf. Die meiste Zeit verbrachte ich damit, auf Felsen zu klettern. Ich kannte die Vorsprünge und Unebenheiten der Felswände, die man gerade noch mit den äußersten Fingergliedern umklammern kann und die einen lehren, das Körpergewicht auf kleinstem Raum zu verteilen. Ich verbündete mich nicht mit den Jungen aus dem Dorf, denn ich wuchs in der Gewißheit auf, daß ich niemals ins Bergwerk gehen würde. Der Abgrund war mir lieber als der Stollen. Manchmal, wenn ich an einem Steilhang hing, hörte ich Steine herabfallen, spürte, wie sie mich streiften und dabei in der Luft den Ton der Stimmgabel, das «A», pfiffen. Den Wind durchdrang eine wellengleiche Musik, die meinen wie ein Segeltuch gespannten Körper vibrieren ließ. Jemand stand unten in einer Spalte am Fuße der Steilwand und beobachtete mich. Ich folgte der Musik des Windes und kletterte noch schneller auf den Gipfel.

Es kamen Fremde, die in unseren Bergen klettern wollten. Sie suchten neue Pfade, die zum Gipfel führten, erprobten mit Seilen und Haken einen Weg durch die Felswände. Sie wollten mich mitnehmen, mit einem Seil um die Taille, ich sollte ihnen den Aufstieg zeigen. Aber ich rannte weg, ich war kein Hund, den man an die Leine nehmen konnte. Ich kletterte ohne ihre Schlingen hinauf und stieg dann auf dem gleichen Weg wieder hinunter. Was mir beim Aufstieg gelungen war, machte ich beim Abstieg genauso. Eine Felswand streichelt man beim Abstieg gegen den Strich, die kleinen Vorsprünge mußte ich mit den Füßen ertasten. Manchmal ging ich nachts hinauf, damit sie mich nicht mit ihren Ferngläsern beobachten konnten. Das Mondlicht genügte mir, ich verließ mich mehr auf meine Fingerkuppen als auf meine Augen. So war das auch mit den Fingern des Großvaters, die auf dem Geigenhals immer den richtigen Punkt trafen. Auch ich spürte in mir diese Perfektion, wenn ich an vier Punkten Halt fand, als würde ich mit den vier Fingern meiner linken Hand einen Akkord greifen.

Ich war stumm, kein Lied kam aus meiner Kehle, aber in meinen Ohren tönte ein wilder Hochzeitstanz, wenn ich unter einem Felsüberhang hing und meine Hand blind den Halt, den Ausweg fand, mit dem ich das Hindernis überwinden konnte. Hatte ich festen Halt, ließ ich meinen Körper über der grünen Leere baumeln, über den fernen Tannen und den Weiden unten im Tal. Ich hätte in den Fingern genug Kraft gehabt, um mein doppeltes Gewicht zu tragen, ich hatte die Finger des Großvaters.

Einmal war ich zu hastig, verlor den Halt und fühlte, wie sich mein Körper verhärtete. Wie ein Stein fiel ich hinunter.

Ein gleißendhelles Geröllfeld nahm mich auf, und ich überschlug mich auf seiner abschüssigen Bahn. Ich benutzte meine Hände nicht, um mich beim Fallen zu schützen, beim Absturz hatte ich sie in den Achselhöhlen vergraben, da ich mir diese Knochen auf keinen Fall brechen wollte. Das einzige, was ich mir schließlich brach, war die Nase, als ich mit dem Gesicht auf dem letzten Stein aufschlug. Manchmal schütteln sich die Berge die Ameisen vom Leib. Ein Steinhagel, ausgelöst von einem Raben auf dem Gipfel, genügt, um unsere Klauen aus der Wand zu reißen. Manchmal versucht der Wind alleine, uns in die Leere zu drücken, er bläst die Kleider auf und verführt uns, in seine Liebkosungen eintauchen zu wollen. Mir genügte ein einziger Finger, der mittlere, den ich in ein Loch oder in einen Riß in der Wand drückte, um mich fest zu verankern.

Im Tal formierten sich die ersten Bergführer, um die Fremden nach oben zu bringen. Ein Stummer war dazu wenig geeignet. Deshalb schloß ich mich einem Zirkus an, der in unser Dorf gekommen war, und erlernte die Kunststücke der Akrobaten. So verdiente ich nun sogar meinen Lebensunterhalt, indem ich den Absturz riskierte, ich sprang von einem Trapez zum andern und flog für ein armes Publikum unter einem geflickten Zeltdach durch die Lüfte.

Aus Holz gewinnt man zweierlei Sorten Pulver: Sägemehl und Asche. Der Zirkus riecht nach Sägemehl. Ich hatte es viele Male im Mund, wenn ich den Halt verloren oder danebengegriffen hatte und dann in die Manege fiel. Ich turnte über einem sitzenden Publikum, aber wenn ich abstürzte, sprangen alle blitzartig auf, einem geheimnisvollen Gesetz des Gegengewichts folgend: Meinem Aufprall auf den Boden entsprach das zeitgleiche Aufspringen der Zuschauer. Man kam mir zu Hilfe – eine weitere Attraktion

– und ich konnte mir vorstellen, wie alle daheim von ihrem Erlebnis berichteten, immer noch ganz entzückt davon, einem solch außergewöhnlichen Vorfall beigewohnt zu haben. Eine Zirkusvorstellung darf mit Risiken nicht geizen.

Die Übungen eines Akrobaten gleichen den Bewegungen eines Toreros, beide suchen den exakten Winkel, der die Flucht ermöglicht. Der Stier und die Leere, beide werden sie angegriffen und gestreift. Ich weiß natürlich nicht, ob der Mann in der Arena tatsächlich das Gefühl hat, über einem Abgrund zu kreisen, aber dafür weiß ich genau, daß die dunkle Manege unter mir dem schwarzen Rücken eines tobenden Tieres glich.

An manchen Abenden fühlte ich mich so leicht wie der Bogen der Geige meines Großvaters, wenn er präzise und schnell über die Saiten strich. Jemand zähmte die Leere, und ich glitt mühelos durch die Luft. Ein Lied, mit geschlossenem Mund gesungen, begleitete mich auf meinem Flug.

Noch bevor ich alt wurde, war mein Körper von all den Knochenbrüchen schon ganz wurmstichig. Ich blieb beim Zirkus als Handlanger und baute die Zeltkuppel, unter der jeden Abend die Vorstellung gegeben wurde, auf und ab. In einer Stadt an der Küste errichteten wir die Masten auf einem Platz direkt am Meer. Die salzige, feuchte Luft machte das Holz glitschig, und ich stürzte ein weiteres Mal ab, aber diesmal war auf der Erde keine Manege mit Sägemehl. Ich hatte Blut im Mund, es schmeckte wie Asche. Im Krankenhaus hängten sie mich an Drähte, Schläuche und Kabel, ich lag da wie eine vergessene Marionette. Dem Jungen im Bett neben mir ging es sehr viel schlechter. Am Abend leerte sich der große Raum. Ein Junge sollte nicht alleine sein, wenn das Leben sich plötzlich auf das Geräusch von Schritten reduziert, die in einem Krankensaal dem Ausgang zustreben. Der Junge trug eine Brille. Während des Tages wollte eine Krankenschwester sie ihm abnehmen, und er wehrte sich, sagte mit erschöpfter Stimme, mit einer letzten Willensanstrengung: «Nein.»

In dieser Nacht hörte ich sein Röcheln, dann einen dumpfen Schlag gegen das eiserne Bettgestell. Dabei fiel die Brille zu Boden, die beim Aufprall ein leises, aber klares «A» von sich gab. Davon schreckte ich auf, ich stieg wieder aus meinen Tiefen empor und schleppte mich aus dem Bett, wobei ich mich von Drähten, Schläuchen und was mich sonst noch festhielt losriß. Kniend suchte ich auf dem Boden nach seiner Brille. Ich wollte sie ihm wieder aufsetzen – sicherlich ein dummes Ansinnen –, aber ich verspürte das stürmische, angsterfüllte Verlangen, genau dies zu tun. In der Dunkelheit erklang zu meiner Beruhigung eine Geigenmelodie. Ich richtete mich auf, bekleidet von herabhängenden Verbänden. Dann setzte ich ihm die Brille auf die Nase. Kaum hatte ich dies vollbracht, fiel ich zu Boden. Noch ein paar Zentimeter Absturz, die allerletzten; sie verlängerten die vielen Meter, die ich so viele Male in die Tiefe gefallen war. Es gibt Zentimeter und Sekunden, die alle Abgründe des Lebens beinhalten. Ich biß die Zähne zusammen, mein Mund war voll heißer Asche. Die Bettkante war weit weg, ich sah sie vom Boden aus, hoch wie ein Gittertor, und ich war außerhalb. In meinen Ohren sang die Geige des Großvaters. Das letzte, was ich hörte, war der Atem des Jungen, der wieder einsetzte.

Primizien

Wenn man jung ist und ungefähr so alt wie das Jahrhundert, in dem zu leben einem bestimmt wurde, erfährt man den Rausch einer Gründerzeit: Man brennt vor Tatendrang und reklamiert für sich den Anbeginn von all dem, was die nachfolgenden drei Generationen im Laufe des Jahrhunderts weiterführen würden. Man fühlt sich als Pionier der eigenen Zeit, wird Krieger, Alpinist, Poet, ungeachtet der eigentlichen Herkunft, man ist ein Kind der Stunde Null, so wie es den Zerstreuten von Babel erging, die im Schatten eines Turmes vielerlei Sprachen ersannen. Ich fühlte mich als Teil einer angehenden Menschheit, und das ist alles, was ich der tatsächlichen Begebenheit, die ich nun erzählen will, vorauszuschicken habe.

Wir waren erst vor wenigen Tagen aufgestiegen und hatten uns noch nicht an dieses gleißende Licht gewöhnt. Im Gebirge gibt es Winter, in denen sich sogar einen ganzen Monat lang schöne Tage aneinanderreihen können. Der Lobbiagletscher reflektierte die Strahlen und bräunte unsere Haut, die Kälte der eisigen Nächte ließ unsere Nasen bluten und unsere Augen tränen. In den Befestigungsgräben knirschte das Felsgestein des Adamello unter unseren Bergschuhen. Auch bei uns daheim gibt es Berge, aber diese hier waren von einer feierlichen und weiträumigen Schönheit. Wir atmeten eine verschwenderisch freie Luft ein, viele von uns dort droben waren noch keine zwanzig Jahre alt, weit weg von unserer Heimat teilten wir alles miteinander. Das, was wir an einem der ersten Tage morgens zu sehen bekamen, war niemals zuvor geschehen und würde sich auch nie mehr wiederholen. Der Nebel hatte sich gerade vom Horizont gehoben, als wir sie sahen: eine ganze Kompanie Gebirgsjäger, die an einer Flanke des Gletschers entlang auf Skiern abwärts rasten. Da alle weiß gekleidet waren, hätten sie eigentlich mit dem Hintergrund verschmelzen müssen, aber statt dessen nahm man sie deutlich wahr, weil die frühe Morgensonne lange Schatten auf den Schnee warf – hingekritzelte Kommata auf einem leeren Blatt Papier. Hinter ihren Schwüngen erhob sich knisternd ein Kometenschweif aus Schnee. In der wattierten Stille der Berge konnten wir ihn vorbeiziehen hören. «Wie der Negativabzug eines Nachthimmels voller Sternschnuppen»: Mein visionäres Temperament ging mir sofort auf die Nerven. Dies war nicht der Moment, um sich mentale Notizen für künftige Gedichte zu machen.

Sie kamen schnell herab, Hunderte von weißen Wolken näherten sich unserem Unterschlupf, verloren rasch an Höhe. Wir rührten uns nicht, beobachteten sie schweigend und hielten sie zuerst für verrückt, dann dachten wir, daß sie eine Art Vorstellung gaben, und schließlich, daß jeder von uns wenigstens eine Minute lang gerne bei ihnen gewesen wäre. In diesem kurzen Moment – später jedoch nicht mehr – fühlten wir uns zu ihnen hingezogen.

Ich stellte mir ihre Gedanken vor. «Der letzte Schwung war schön, ich habe das Gewicht gut auf die Kanten verlagert, und jetzt lasse ich die Skier einfach ins Tal laufen. Ich habe schnell gelernt, wie man mit dem Ballast auf dem Rücken fahren muß. Ja genau, Ballast, denn wenn ich durch den Neuschnee fahre, kommen mir die Waffen, die ich trage, nutzlos vor; sie haben sie meinen Jahren – es sind nur wenige und doch genug, um aufs Spiel gesetzt zu werden – aufgebürdet. Eines Tages möchte ich nur mit dem Gewicht des Windes auf dem Rücken hinabgleiten, ohne einen anderen Zweck, als einfach nur zu fahren. Der letzte Schwung war schön. Ich möchte eine perfekte Furche in den Schnee pflügen, die der Winter nicht wieder zudeckt, ich möchte eine Spur hinterlassen, auf die ich stolz sein kann. Statt dessen zerstören die vielen Kameraden meine Furche; wie ein Gewittersturm begleiten sie mich.»

Kalten Blutes erwartete ich ihre Ankunft, aber mit fiebrigen Bildern vor den Augen: Ich sah über sie hinaus, sah einen See, die sich kräuselnde Wasserfläche von weißen Schaumkronen überzogen; ich sah eine Feuerstelle, in deren Glut man mit dem Schürhaken stochert; ich sah die kompakte Form einer Polenta, wenn man sie mit geriebenem Käse bestreut. Diese Visionen hatten genügend Zeit, nacheinander aufzutauchen und sich zu bilden, während ich sie im Geiste benannte: Wind, Funkenschlag, Wasser im Mund.

Es kamen die Gedanken eines anderen: «Ich möchte keine Spuren hinterlassen und immer leichter werden, am Ende des Abhangs nicht wieder auf der anderen Seite hinaufsteigen müssen, sondern seitwärts ausbrechen, zum Sprung ansetzen in Richtung Val di Sole, dem Tal der Sonne mit dem schönsten Namen auf der ganzen Welt. Wir hinterließen die Abdrücke unserer bloßen Füße auf dem sandigen Ufer des Piave, es war bei einem Sommernachtsfest, und am nächsten Morgen, als ich sie nach Hause brachte, waren die Spuren verschwunden. Ich habe gerade mit den Skiern die Kurve ihres Pulsschlages in den Schnee gezeichnet. Ich möchte, daß sie mir zuschaut und dann zu meinen Eltern geht, um ihnen zu sagen, daß ich mit gut ausgerichteten Skiern nach unten gefahren bin, in einem Wettkampf, nicht in einem Krieg. Und wenn ich falle, möchte ich, daß sie sagt, ich hätte einen Sprung gemacht und wäre mit dem Gesicht zum Himmel aufgekommen.»

Die Sonne schnitt sie in zwei Teile, verdoppelte sie um einen schwarzen Flügel, der ihnen folgte und ihnen auf den Rücken zu springen schien. Am Ende des Hanges war ihr Schatten verschwunden; der Winkel zwischen der Sonne, dem Erdboden und unserem Beobachtungspunkt hatte sich verändert. An dieser Stelle fiel der erste von ihnen. Er purzelte in den Schnee, und das Gebirge wechselte von der kompakten Stille, die nur von diesem Rauschen durchzogen war, zum Getöse eines Dorffestes. Wir hatten von allen unseren Stellungen aus das Feuer eröffnet. Sie fielen, rollten sich zu Schneebällen ein, wie zusammengeknülltes Papier. Unter unserem Beschuß gab es für sie keine Schatten mehr und keine Deckung, nur Weiß auf Weiß, nicht einmal das Blut konnte dieses Weiß entfärben. Schnee und Eis nahmen durstig alles in sich auf und waren doch rein wie Seide.

Die Sonnenstrahlen kitzelten uns, aus unseren Gewehrläufen qualmte der Rauch des Schießpulvers, ein Duft, der sofort in die Nase und in den Himmel stieg, wie das Brodeln einer Kaffeemaschine, wie Weihrauch. Wie, wie, wie: Die schlechten Dichter schreiben immer nur «wie», von den Vergleichen verblendet. Das Maschinengewehr ratterte seinen frenetischen Applaus. Ich, ein junger österreichischer

Dichter von beinahe zwanzig Jahren, feuerte gegen all das schattenlose Weiß. So zielte ich auch auf die Scheibe der Schießbude im Prater.

Sie hatten das Skifahren gelernt, die ersten geschickten Schwünge in voller Fahrt genossen und an vielen schönen Wintertagen ihre Fähigkeiten zur Geltung gebracht; ihr Körper hatte sie gelehrt, wie das schwierige Gleichgewicht zwischen engen und weiten Bögen zu halten war, nachdem die glatten Bretter mit dem hochgewölbten Bug sorgfältig angeschnallt worden waren; all das hatten sie sich in den wenigen Jugendjahren angeeignet, um nun eines Tages mit diesem inneren Reichtum einen Abhang hinunterzufahren und dabei an unseren bleiernen Steinchen zu zerschellen. Man muß die Berge schon sehr lieben, um sich in der Morgensonne auf einem Gipfel wiederzufinden und zu denken: «Es ist mir egal, ob ich da unten im frischgefallenen Schnee sterbe, mit meinen Skiern, mit dem Wind im Gesicht und den Steinchen im Körper.» Kein General, und sicherlich auch kein kriegserfahrener Mann, hatte diesen Plan gemacht. Kein Stratege hätte einen solchen Frontalangriff angeordnet, auf freiem Feld, am hellichten Tag und ohne Deckung der Artillerie. Nur ein allmächtiger Regisseur konnte, aus einem ästhetischen Geistesblitz heraus, diese jungen Soldaten in die weiße Leere schicken, sie von einem Berg schütteln, nur um mit anzusehen, wie sie von unseren Gewehren zerschossen wurden. Ich war Poet, Krieger und Alpinist eines neuen Jahrhunderts, das bis in die höchsten Gipfel der Berge vor Blut troff, dort wo niemals zuvor ein Schuß gefallen war. Es war ganz leicht, sich als Primizien, Opfergaben, zu fühlen, als Frühgemüse, das den Göttern dargebracht wurde. Uns stand es zu, eine neue Zeit anbrechen zu lassen, Zusammenbrüche einzuleiten, den unseres Vaterlandes eingeschlossen.

Bis zum allerletzten Mann rückten sie weiter auf uns zu, aber man konnte es nicht als Attacke bezeichnen. Von ihnen entkam keiner, unsere Verluste: null. Es war der einzige Massenangriff, der auf Skiern ausgeführt wurde, in diesem Krieg der erfrorenen, erstarrten Infanterie. In jener Nacht schrieb ich Verse für den weißen, durstigen Schnee, durstig wie die Blätter der Poeten.

Dreiundsechzig zu eins

Meine Väter und die Vorfahren meiner Väter haben einander stets die Hoffnung weitervererbt, Zeitgenossen des Messias zu werden. Zu ihren Lebzeiten hatten sie sich oft gefragt: Gab es ein Zeichen, etwas, das sie tun konnten, um das Kommen des Erlösers zu beschleunigen? Nun ist es mir zuteil geworden, eine Antwort auf ihre Frage zu versuchen und dieses Zeichen zu erkennen. Dies ist die Geschichte, die dazu geführt hat. Ich habe sie viele Male meiner Familie und den Nachbarn erzählt, die sich am Sabbat um den Tisch versammelten. Doch bemerke ich nun, daß ich meine Geschichte nicht mehr richtig kenne, sie nicht mehr vortragen kann, daß ich alles durcheinanderbringe und meiner Phantasie freien Lauf lasse. Viele von denen, die sie das erste Mal hörten, sind bereits gestorben. Bei uns schreibt man Geschichten erst nieder, wenn die Generation, die den mündlichen Bericht des Beteiligten noch erlebte, nicht mehr existiert.

Ich erzähle im Perfekt – der Vorgegenwart, als wäre alles gerade erst geschehen – die Chronik eines Tages, an dessen Ende ich damit begann, den Messias mit größter Ungeduld zu erwarten.

Vorgestern habe ich den letzten Enkel des Propheten Elias gesehen. Ich habe ihn schon von weitem an den beiden Falten erkannt, die von der Stelle, an der die Tränen aus dem

Auge treten, bis hinunter zu seinen Mundwinkeln reichen. Sie wirken wie Schnitte, das Werk einer Peitsche. Mit der Zeit entwickelt der menschliche Körper ein Merkmal, das sich immer mehr ausprägt und einen Charakter damit auch physisch definiert. Zimmer, denn dies ist sein Name, hat eine ausgemergelte, verkrümmte Statur und zwei ins Gesicht gepeitschte Falten. Er hat gleich damit begonnen, seine sechs Saiten aus Ochsensehnen zu zupfen, die so straff gespannt waren wie jene, mit denen sie Samson zu binden versuchten. Dann hat er – wie David nach seinen Schafen – auf einer glänzenden Hirtenflöte gepfiffen. Larco war bei mir, er wird «der Heuschober» genannt, weil er jenseits des Flusses wohnt. Er folgt oft den Schritten Zimmers, dem letzten Enkel des Elias.

Manchmal sage ich zu ihm, er solle auf der Hut sein und sich lieber um seine eigenen Angelegenheiten kümmern, aber zur Warnung fällt mir nur ein Sprichwort aus unseren Wäldern ein: Der vierzigste Bär bedeutet das Ende des Jägers. Die Zahl Vierzig muß man respektieren. Larco hat mir vorgestern gesagt, daß er Zimmer schon dreiundsechzigmal hinterhergegangen ist. Ich habe geschwiegen, denn mir ist nichts mehr eingefallen, was ich zu diesem Exzeß noch hätte sagen können. Deshalb habe ich ihn begleitet, um einmal das zu erleben, was er schon kennt und von dem er nicht genug bekommen kann. Er giert nach Wiederholungen, ich dagegen bin mit einem einzigen Erlebnis selig. Der Messias kommt nicht öfter, sondern nur ein für allemal. Zwischen dreiundsechzig und eins, zwischen ihm und mir, kann man die Abstufungen der menschlichen Natur nachvollziehen.

Dem Diener vertraute ich die Herde an, steckte den gesalzenen Käse ein, auch das Krummesser, um ihn zu schneiden, und einen kleinen Schlauch mit Wasser. Wir gingen nach Jerusalem. Es ist kein schöner Ort, man redet zwar viel darüber, aber das Meer habe ich nicht gesehen, und eine Stadt, der nicht die Wellen ins Gesicht schlagen, die keine feindseligen Begrenzungen – etwa Felsen oder Wüsten – hat, ist keine richtige Stadt. Wir gingen die Straße entlang, die von unseren Dörfern zum Tal hinunterführt. Bei jedem neuen Ausblick deutete Larco mit dem Finger – «Das dort drüben muß der Schädelberg sein» – und erwartete, den Umriß von Golgatha zu sehen, aber er war es nicht. Ich kenne diese Erhebung, die im Winter den Schnee anzieht und behält. Mein Geschlecht stammt von dort und pflegt noch immer den alten Dialekt.

Wir durchquerten die Stadt, kamen an den Märkten vorbei, aber ohne anzuhalten oder Waren einzukaufen. Unser Ziel war ein Platz außerhalb der Stadtmauern. Eine dichtgedrängte Menschenmenge kauerte auf dem Boden. Zimmer kam, als wir schließlich alle saßen. Er machte nur wenige Gebärden, schaute sich nicht um und hielt den Kopf über die sechs glatten, straffgespannten Saiten gesenkt, die ihn bei seinen Schreien, Gesängen und Rufen begleiteten. Der Himmel verdichtete sich plötzlich, wirkte wie ein enggeknüpfter Teppich, und ein einziger Regentropfen fiel genau auf Zimmer herab. Da erhob er die Augen, beugte den mageren Hals nach hinten, und die beiden Falten glätteten sich für einen kurzen Moment. Aber meine Beschreibung ist nichts wert, ist völlig bedeutungslos, wenn ich nicht von seiner Stimme spreche. Man muß an einen Spiegel denken, der auf einem Marmorboden zerschellt; an eine Hornspitze, die auf einer Schiefertafel kratzt; an den Schrei eines Hasen, der in die Fänge des Falken geraten ist: All das nacheinander ist seine Stimme, ein eisiger Dolchstoß, die kälteste Form des Erbarmens. Man braucht schon Zähne aus Eisen, um diesen Laut im Mund zu halten. Zimmer bedeutet in unserer alten Sprache «der Singende».

Das kann nicht seine eigene Stimme sein, er ist bestimmt nur ein Instrument. Sicherlich entspringt sie einer Öffnung des Bodens unter seinen Füßen, einem unersättlichen Abgrund; es ist eine Stimme, die an Zimmers Rückgrat, das gekrümmt ist wie eine Kobra, hinaufgleitet.

Wenn er nicht singt, macht er ein paar Schritte vor und zurück, aber dennoch herrscht keine Stille. Um uns herum entfesselt sich ein tosender Sinai. Steinschläge, Brüche, Risse – es ist Zimmers geschlossener Mund, der dies alles auslöst. Er ist es, der die Elemente beschwört – die geheime Kraft der Steine, das dahineilende Wasser, den alles durchdringenden Wind; er erweckt sie aus dem Ruhezustand mit seinem metallischen Schrei, der verwandt ist mit jenem, der die Türme von Jericho zum Einsturz brachte, dieser Schrei der Witwen und Waisen steigt direkt zum Himmel auf und erschüttert das Innerste unseres *Elohìm*.

Die sitzenden Menschen wiegen die Köpfe unter seinen rasenden Worten, unsere Hälse schaukeln wie übervolle Ähren im Wind. Zimmer wandert von Ort zu Ort, und jedesmal versammeln sich neue Menschenmassen vor ihm. Aber Larco sagt: «Es ist nicht, wie es scheint. Er geht nirgendwohin, er steht fest im Zentrum der Welt, denn das Zentrum ist dort, wo er ist, Zimmer trägt es immer mit sich. Wo auch immer er sein mag, da ist der Mittelpunkt, und die Welt bildet um ihn ihren Kreis. Wir sind es, die vorüberziehen und die Ebene zu seiner Stimme hin versetzen.»

Der tosende Sinai hallt in den Höhlen wider, wir wollen alle, daß Zimmer wieder zu singen beginnt, denn wir fürchten, daß uns die Ohren platzen könnten, aber keiner verschließt sie mit den Händen. Da macht Zimmer einen Schritt nach vorne und singt und schreit und zerreißt die Luft und sagt, daß der Himmel in Flammen stehe und daß er fortgehen müsse. Wut oder Schuld würden nichts nützen, und es sei nicht möglich, eine einzige Rede zu führen, denn der Himmel erbebe, und man müsse nun fortgehen. Zweiundfünfzig Richter, so sagt er, hätten ihren Urteilsspruch verkündet, und nun würde sich der Himmel krümmen und es sei Zeit zu gehen. Ohne Hefe geht seine ungesäuerte Stimme auf, die Luft zerreißt in einzelne Himmelsschleier, und unsere Ohren beginnen zu bluten. Der Putz des Himmels läßt wie eine schimmelnde, brüchige Decke schweren Regen auf uns fallen. Er sieht nicht nach oben, aber wir heben vor Schmerz die Augen und sehen, wie der Himmel all das ausführt, was er prophezeit hat. Er erwähnt noch, daß der Himmel die Farbe wechseln und ganz schwarz werden würde und wie sich die Pergamentrollen kräuseln und dann in Rauch auflösen würden. Alles, was er sagte, geschah über uns, und ich habe niemals einen derartigen Himmel gesehen wie an diesem Abend. So wie der Himmel die Erde überragt, so überragte Zimmer uns alle.

Das steht alles schon bei Jesaja* geschrieben, sage ich zu Larco, schreie es ihm ins Gesicht, denn wir haben nur noch unsere Augen, um uns in all dem Getöse zu hören. Das alles hat schon unser Prophet verkündet, der so sehr den Himmel liebte. Larco antwortet mit gedämpfter Stimme, und ich weiß nicht, durch welches Wunder ich ihn selbst mit ver-

* AT, Jesaja 29, 4–8 (Anm. d. Ü.)

schlossenen Ohren so gut hören kann, als wäre es meine eigene Stimme: «Du hast diese Verse nur gelesen. Zimmer schleudert sie mit einem Schrei hinaus, und sie erfüllen sich sogleich. Sie haben auf seine Stimme gewartet. Wir sind auf dem Sinai der Worte, aller Worte, hier ritzen sie sich in uns ein wie in glatte Schiefertafeln, und das Blut in den Ohren ist die Frucht des Meißels.» Larco, du bist weise und ein Sohn der Weisen, denke ich tief in meinem Herzen. Er antwortet, als hätte er mich gehört: «Nein, ich bin ein Stein in seinem Abgrund, ich falle schon seit Jahren hinab und bin immer noch nicht unten angekommen.»

Larco wiegt nicht wie die anderen den Kopf, sondern sitzt ganz aufrecht da, läßt das Blut den Hals hinablaufen. Zwei Falten graben sich wie tiefe Furchen in sein Gesicht, von den Nasenflügeln bis zu den Mundwinkeln. Solange Zimmer singt, wirkt Larcos Gesicht wie dessen Abdruck. Und Larco sagt zu mir: «Manchmal frage ich mich in meinen Gebeten: Warum hat das Schicksal bestimmt, daß gerade ich in seiner Generation geboren wurde? Ist dies der Zeitpunkt, da er kommt wie ein Dieb in der Nacht, und nur die Wachsamen werden bereit sein? Dann folge ich seinen Schritten, und alle Fragen verfliegen wie die Wolken, die keinen Regen bringen und sich auflösen. Der Himmel ist leer, und er bringt ihn mit seinen Schreien zum Glühen.»

Als Zimmer die Menge verlassen will, stellt ihm jemand die Frage: «Aber wie sollen wir dich nennen?» Zimmer antwortet, ohne ihn anzublicken: «Rufe mich mit jedem Namen, der dir einfällt. Ich werde mich keinem versagen.» Da ruft ein jeder das Wort, das er im Herzen getragen hat, jeder ein anderes, und jeder spricht es aus, bevor er geht. Sein Name wird aus all den unzusammenhängenden Worten gebildet, welche die Menge in diesem Moment ausruft. Larco hat gerufen: «Dáleth», der Name des vierten Buchstabens unseres alten Alphabets. «Es wird in einem anderen Leben sein Anfangsbuchstabe sein oder war es bereits in der Vergangenheit», und so lehrt er mich, daß sich nicht nur die Zukunft enthüllen läßt, sondern daß auch die Vergangenheit durch die Prophezeiungen sichtbar wird: Denn das, was vor unserer Zeit geschah, ist ebenso geheim.

Auf dem Heimweg hat mir Larco von einer anderen Reise erzählt. Er war einer weiteren Fährte Zimmers gefolgt; es war möglich, daß sich am kommenden Tag das Zentrum der Welt an einem Ort im Norden Galiläas befinden würde. Larco war schon eine ganze Weile dorthin unterwegs, und am Tag vor seiner Ankunft gelangte er in jene unheilvolle Gegend, wo viele unserer Vorfahren von dem Volk der Ámalek ermordet wurden. Es war ein schmutziger Friedhof, die frische Asche war längst zu Staub zerfallen, der Schmerz der Verbrannten hatte sich gelegt. Larco beschloß, einen Umweg zu machen und den Friedhof zu betreten. Keine Abweichung geschieht zufällig, auch wenn sich das Schicksal erst weist, nachdem man von der eingeschlagenen Richtung abgekommen ist. So erhält, wie in einer Geschichte, das Abschweifen Wert und Sinnfälligkeit.

Kaum hatte er seine Schritte zum Tor gelenkt, traf er auf Zimmer, der gerade alleine herauskam. Sein Rücken war gekrümmt wie eine Schlange, die aus ihrem Korb gelockt wird, seine Augen waren auf den Boden gerichtet, und zwei Falten verliefen von den Brunnen der Tränen hinunter zu seinem Mund. Sie waren allein, zwei Wanderer, die an einem Tor standen, das groß genug war, um beide gleichzeitig hindurchzulassen. Zimmer wurde von einem Regentropfen getroffen, Larco sah ihn herunterfallen, von einem

Himmel, der in dieser nördlichen Gegend stets trübe war. Jene Augen, die lange Zeit auf dem Erdboden geruht hatten, lösten sich davon mit einem Ruck des Halses, einem Ruck, der eine Pflanze aus der Erde hätte reißen können. Dunkel und fern lagen sie in Larcos Gesicht. Seine Erzählung endete mit diesen Worten: «Ich habe die Pupillen gesehen, sie waren der Brunnen, in welchem unser Prophet Jeremia gefangen war. Ich habe das Weiße gesehen, es war eine von den Opfergaben blutbespritzte Tunika. Das *Rab*, das ich zum Gruß sagen wollte, blieb mir im Halse stekken.»

Auf unserem Heimweg war es Nacht geworden. Der Himmel war wieder ruhig. Die Sterne, die unsere Väter *'Ash, Chesìl, Chimà* nannten und wir Bär, Orion und Sirius, waren alle auf ihren Plätzen erschienen. Wir riefen sie beim Namen, und sie antworteten mit ihrem Licht. «Larco», sagte ich, «der Himmel nimmt wieder seinen Lauf. Es ist noch nicht lange her, da sahen wir, wie er sich verschloß, entflammte, sich zusammenrollte und in Rauch auflöste. Und nun ist wieder dieselbe Nacht, wie sie alle Generationen vor uns gesehen haben. Werden auch die, die nach uns kommen, sie sehen? Wird es eine Generation nach uns geben? Sind wir nicht die Zeitgenossen des Messias, und ist Zimmer nicht aus dem Geschlecht des Elias, der uns dies ankündigt?» Der mondlose Himmel hatte sich besänftigt, und der Wind trug von den Dörfern den Geruch von geröstetem Buchweizen und Pistazien herüber. Larco stützte sich auf seinen Stock, kaute ein Stück Johannisbrot, spie aus und fragte: «Warum dies alles zunichte machen? Es sind jetzt dreiundsechzig Abende, an denen ich sehe, wie der Himmel an Zimmers Gesängen zerbricht. Nach dem ersten

Mal betete ich nur mit zwei Worten: *noch einmal.* Ich wurde erhört.» Da fragte ich ihn, ob diese ständige Rückkehr zu den Schreien – wie ein Hund, der immer wieder zum Erbrochenen zurückläuft – nicht genau das wäre, was letztendlich den Zusammenbruch des himmlischen Reiches verhinderte. Hatte vielleicht jenes *noch einmal* bewirkt, Zimmer an eine unbestimmte Zahl von Wiederholungen zu binden? War die Prophezeiung durch jene rituellen Gesänge vielleicht zahm geworden und der Messias hing noch in den Fesseln des Prologs? «Vielleicht verzögerst gerade du, Larco, das Kommen des Erlösers. Vielleicht ist ja dein Gebet die Ursache dafür, daß die Welt noch besteht und der Himmel wieder zur Ruhe kommt.» Ich begann Zweifel zu hegen. Die Bewunderung für Larco wuchs in meinem Herzen, bis sich ihr die Frage meiner Väter entgegenstellte: Welches Zeichen konnte das Kommen des Erlösers beschleunigen? Das Herz wurde mir schwer. Larco zitterte, zwei Falten durchgruben seine Züge, und mit gesenktem Blick stimmte er zu: «Es ist möglich.» Und da dachte ich, wenn ich ihn töte, werde ich den Messias in meiner Generation erleben. Larco kniete nieder und bot mir seinen Nakken dar: «Tu, was du tun mußt, aber mach schnell.» Ich hatte schon seinen Haarschopf in der Faust, das Messer durchschnitt seine Kehle bei dem Wort «schnell».

Sonntagsblätter

Erst kommen die Sonntage der Äpfel: Sie werden gesammelt, geschält, entkernt und zu Kompott oder Marmelade verarbeitet. Gleich darauf folgen die Sonntage des Holzes, das für den Kamin gespalten werden muß; nun reicht die Dunkelheit schon bis in den Nachmittag. In diesen geruhsamen Tagen, in denen man etwas für den Winter beiseite legt, lese ich noch einmal die Blätter mit den Erzählungen meines Vaters. Er schrieb sie auf der Schreibmaschine, sein Augenlicht war schon sehr schlecht, und er hieb nur noch aus dem Gedächtnis auf die Tasten. Wenn er uns bat, sie zu lesen, waren wir nicht imstande, eine Seite zu beenden, weil wir so sehr über die Tippfehler lachen mußten. Die verschiedenfarbigen kartonierten Ordner füllen ein halbes Regalbrett.

Ich fange wieder bei den ersten Erzählungen an, die so überreich an Handlung sind, daß ich sie immer mit einem geflochtenen Korb verglich. Mein Vater schmälerte sie noch mehr und sagte, sie seien wie ein mit Flechtwerk bespannter Stuhl. «Die Geschichten sind zum Sitzen da», lautete einer seiner Sätze. Viele spielen im Neapel des frühen neunzehnten Jahrhunderts, mit wunderschönen Dienerinnen, englischen Abenteurern, Hofmalern und Verbrechen aus Leidenschaft in der Villengegend des Monte Posilippo. Es gibt einen Roman, der nur aus einem anonymen Briefwechsel besteht, es kommen Halsabschneider und Betrüger, Waisenkinder und verfolgte Heldinnen vor, die Clelia, Marzia oder Ernestina heißen. Er ließ seiner Leidenschaft für Dokumente aus jener Epoche freien Lauf und verwertete gnadenlos jeden Schnipsel, jedes Detail. Über die Familiendynastien der Zeit wußte er ebensogut Bescheid wie über unsere eigene Geschichte, die er rekonstruierte, aufschrieb und so den Enkelkindern vermachte. Ich lese seine grellbunten Erzählungen, die er sich eilig aus den Fingern gesogen hatte: Er schrieb immer voller Begeisterung, lief seiner Phantasie hinterher, bis sie zum Blühen kam. Die Frucht interessierte ihn dann gar nicht mehr, nur die Blüte zählte.

Von dem Jahr, in dem wir wieder zusammenwohnten, vermisse ich die vielen Grüße, die wir jeden Tag wechselten. Wir begannen damit am frühen Morgen: Wenn ich um halb sechs erwachte, war er schon auf den Beinen. Dann beim Fortgehen, beim Zurückkommen, zur Stunde seines Spazierganges und dann beim Zubettgehen: so viele Grüße, unentbehrlich, vorbei. Den letzten Gruß habe ich ihm entboten, als sein Herz gerade zu schlagen aufhörte, und ich bin mir ganz sicher, daß er ihn noch hören konnte. Ich bemerke erst jetzt, während ich die Geschichten nochmals lese, daß auch sie voller Grüße sind.

Seit drei Jahren nun vertrocknet sein Körper in einem Dorffriedhof, nicht weit entfernt von unserem Haus mit den Äpfeln und dem Pappelholz. Auf den Streifen Erde habe ich einen Rosmarinstrauch gesetzt, der rasch gewachsen ist. Ich muß die Zweige zurückschneiden, damit er nicht in das Terrain der anderen eindringt; tief unten jedoch nehmen die Rosmarinwurzeln keinem das Licht weg, sie sind frei. Mittlerweile werden sie schon seine Finger umklammern, den Zauberkasten seines Lächelns aufbrechen. Ich flechte meine Hände in die tiefgrünen, duftenden

Zweige und kann – durch die Blätter und das Dunkel, das uns trennt – die zerbrechliche Form seines Schädels spüren.

Oben links

Sein Bett stand in einer Nische unter der Zwischendecke meines Zimmers, es war nicht einmal ein abgeschlossener Raum. Ich schlief unter seinem gedämpften Stöhnen ein, einem Wiegenlied mit rücksichtsvoll zugehaltenem Mund. In manchen Nächten fuhr ich mit einem Satz aus dem Schlaf: Er war ein wenig eingenickt, doch ein besonders heftiger Schmerz hatte ihn wieder geweckt, und er konnte nicht mehr rechtzeitig seine Stimme ersticken. Dann stieg ich – mit der Ausrede, ins Bad zu müssen – hinunter, und wir spielten in der Dunkelheit eine Partie.

Wir spielten im Geiste Bridge, indem wir uns ein Schaubild mit den zweiundfünfzig imaginären Karten beschrieben. Bridge hatte er mir beigebracht, als ich noch ein kleiner Junge war; er hatte es sofort wieder bereut, da ich dem Studium des Spiels mehr Zeit widmete als meinen Schulfächern. Das abstrakte Gebiet der Kartenkombinationen lag mir sehr, ich behielt alles im Kopf und konnte mir mit großer Genauigkeit die Spielzüge der Gegner vorstellen. Einmal gewannen wir ein Paarturnier, wir beide zusammen, Vater und Sohn. Mir kam das ganz normal vor, denn ich brillierte in diesem Spiel, aber für ihn war es ein Festtag, als er den Preis, eine schöne Goldmedaille, in die Hand nehmen durfte. Bei einer anderen Gelegenheit konnten wir ebenfalls ein kleines bißchen Ruhm ernten: In einem Teamkampf trafen wir auf die Nationalmannschaft von Polen und erzielten einen Gleichstand. Dies waren also unsere kleinen Trophäen, und wir frischten die Erinnerung daran in jenen schlaflosen Nächten wieder auf. Ich ging in der Dunkelheit zu ihm, ohne Licht zu machen, und begann: «Also, du hast viermal Pik auf der Hand, und zwar ...», und dann konstruierte ich für ihn eine besonders knifflige Partie. Langsam gelang es ihm, sich trotz der schmerzenden Knochen zu konzentrieren, und er versuchte ein Kartenmanöver, mit dem man selbst die beste Verteidigung durchbrechen und gewinnen konnte. In jenen Nächten schöpfte ich all das überflüssige Wissen aus, das den Bridgefanatiker kennzeichnet, und erstellte Schaubilder mit seltenen Ausspielformationen: Teufels-Coup, Trumpfreduktion, unzählige Varianten des einfachen, doppelten und dreifachen Kontraktes, Schnitt, Criss-Cross, Barco, Bonney und Jettison. Wir versagten uns die Bequemlichkeit, mit wirklichen Karten auf dem Tisch zu spielen, denn so steigerten wir unsere Konzentration. Es gelang ihm tatsächlich, sich ganz klar die zweiundfünfzig Karten vorzustellen. Ich erklärte ihm den Ablauf der Spielzüge, und er führte sie dann exakt weiter. Der Schmerz wurde zu einem Hintergrundgeräusch, einem Knirschen der Balken in den mineralischen Röhren seines Körpers, während er sich nach draußen begeben hatte, ins Freie, in die Sternennacht der imaginären Karten. Das Bridgespiel war das einzige, das uns verband; das einzige, das er mir direkt beigebracht hatte, seine Erbschaft. Alles andere hatte ich aus seinen Büchern gelernt, die er stapelweise kaufte und die er alle gelesen hatte, alle, bis zur letzten Zeile.

Eines Nachts beschrieb ich ihm wieder einmal ein Schaubild. Noch bevor ich damit beginnen konnte, es zu diskutieren, hatte er bereits die Lösung gefunden. Es war ein Verteidigungsmanöver.

«Ist dir klar, daß du ganz von alleine den Merrimac-Coup gefunden hast?» Er brach in Gelächter aus, das sich sofort zu einem Schluckauf verkrampfte. Was war das noch gleich? «Das, was du gemacht hast. Eine hohe Karte zu opfern, die einen Stich machen könnte, und die du statt dessen abwirfst, um die Kommunikation innerhalb der gegnerischen Parteien zu stören.» Merrimac war der Name eines amerikanischen Handelsschiffes, welches sich im spanisch-amerikanischen Krieg an der Hafeneinfahrt von Santiago de Cuba selbst versenkte, um damit die spanische Flotte einzusperren. Der Erfolg dieses Opfers gab dem Bridge-Coup seinen Namen. Das gefiel ihm, er fühlte sich ein bißchen als zweiter Kapitän des Handelsschiffes. In jenen Tagen erlitt er die Lähmung vom Rumpf an abwärts. Wir gingen in ein Untergeschoß, durch einen Korridor mit vielen Türen, die mit den astronautischen Namen von medizinischen Apparaten beschriftet waren. Ich stützte ihn, denn er schwankte, der Knochenkrebs saß ihm im Rücken. Das Gehen bereitete ihm größte Schmerzen, er konnte sich nicht mehr auf den Beinen halten und mußte sich hinlegen. Als wir zum erstenmal auf diesem Korridor waren, bettete ich ihn auf eine Krankenhausbahre, während wir darauf warteten, zur Einzirkelung gerufen zu werden. Das ist die farbige Markierung der Zonen, die vom Laser bestrahlt werden sollen. «Sie können nicht einfach diese Bahre nehmen.» Ich erklärte dem Menschen in Weiß, daß mein Vater nicht länger stehen konnte. Er bestand jedoch darauf, näherte sich meinem Vater und streckte die Hand aus, um ihm herunterzuhelfen. Ich baute mich vor ihm auf, nur die wenigen Zentimeter von seinem Gesicht entfernt, die entweder einem

Kuß oder einem Schlag vorangehen: «Er steht hier so lange nicht auf, bis wir an der Reihe sind.» Ich gefiel ihm nicht, und so ging er weg. Mein Vater zupfte mich von der Bahre aus, zum Zeichen, daß es ihm nichts ausmachte. Ich hinderte ihn am Aufstehen. Wenn ich ihm manchmal eine körperliche Bewegung verbot, ließ er nur zögernd davon ab, und mir blieb die Betroffenheit, daß ich es ihm wieder schwerer gemacht hatte, seine Würde zu bewahren.

Der Arzt in seinem Büro war sehr beschäftigt. Er wertete Daten aus, schrieb, telefonierte, lächelte und wies uns schließlich eine Kabine zu. Ich machte meinem Vater sehr langsam den Rücken frei, der Stoff sollte ganz sanft herabgleiten, denn seine Knochen brannten so sehr wie die erhitzte Haut, die sich nach der ersten Sommersonne schält. Er lag ausgestreckt auf einer Bank, und sie zeichneten Kreise auf seine Wirbelsäule. Auf diese Zielscheiben würde das unsichtbare Lasergeschütz feuern. Das geschah viele Male, an vielen Tagen. Ich brachte ihn langsam von seinem Bett daheim zum Wagen, ich fuhr langsam, wir gingen langsam hinunter, in Zeitlupe führten wir alle unsere Bewegungen aus. Wir erlernten dieses Tempo, es war nicht so, als liefen wir mit angezogener Handbremse, sondern es war vielmehr ein neuer Modus des Indikativs, der für unsere Tätigkeitsworte galt. Unsere Geschwindigkeit war das Adagio. So redeten wir auch, und er erlitt leise seine Schmerzen, hielt sich den Mund zu, wenn sie wieder so groß wurden, daß sie sich in einem Schrei entladen wollten. Uns fiel auf, daß man unbemerkt blieb, wenn man sich unterhalb der kleinstmöglichen Geschwindigkeit, die allen noch vertraut war, bewegte. Die anderen beachteten uns nicht mehr, sie wichen uns nur noch aus, als wären wir unverrückbare Hindernisse. Auch wir sahen nicht mehr auf die anderen, betrachteten sie vielmehr als einen Windstoß, einen Luftzug, ein Hintergrundgeräusch. Die Notwendigkeit, alles langsam auszuführen, führte zur Isolation. Wir waren zu zweit, wir waren ein Doppel, eine wandelnde Klause, die Straßen und Korridore durchwanderte, auf der Suche nach Linderung der Schmerzen. Dieses immerwährende Bedürfnis trieb uns an. Manchmal wurde eine nette Geste mit einem freundlichen Lächeln unsererseits erwidert, und mit einem gelegentlichen Knurren hielten wir uns unhöfliche Menschen vom Leib. Wir verständigten uns ohne Worte, durch stumme Berührungen, Grimassen und Zeichen gab er mir zu verstehen, wie ich ihn zu stützen hatte. Zu zweit bildeten wir ein Zugpferd, einen alten Gaul, der langsam und gleichmäßig auf seinen vier Hufen dahintrottete.

Die Laserbehandlung dauerte nicht lange, mehr Zeit erforderte das Aus- und Ankleiden. Ich konnte einfach nicht glauben, daß diese Maschinerie, die so laut wie eine Drehbank war, gut zielen sollte. Er legte sich mit meiner Hilfe auf die Bank, und ein Krankenpfleger justierte die Position für die Bestrahlung. Ich hatte den Eindruck, er machte es aufs Geratewohl. Ich stellte keine Fragen, erkundigte mich nicht, mir mißfiel diese ganze Umgebung mit ihrer effizienten Abfertigung, die in der Parole gipfelte: «Der nächste bitte.» Mein Vater würde sterben, in seinen Knochen gab es schon Metastasen, das wußte ich. Jede weitere Neugierde war überflüssig und – für meine Begriffe – obszön. Eines Nachts stand er auf, um zur Toilette zu gehen, und brach zusammen. Er hatte unterhalb der Hüfte keine Kontrolle mehr über seinen Körper. Er war gelähmt, der Laser hatte ihn in zwei Teile zerlegt. Ich hob ihn auf, er weinte vor

Schreck. Niemand hatte uns auf das Risiko hingewiesen, niemand hatte ihm erklärt, daß er nicht einmal mehr in der Lage sein würde zu pinkeln. Und so war seine Blase angeschwollen, und er bat mich, ihm beim Pinkeln zu helfen, und ich hievte ihn auf die Beine, doch es kam nichts, obwohl er so dringend mußte. Daher brachte ich ihn zur Krankenstation des Dorfes, und dort verstanden sie und legten ihm einen Katheter, und er füllte den Plastikbehälter literweise.

Meine arme, verletzte, gestutzte Kreatur, nicht einmal die Qual des Urinierens konnte ich dir ersparen, keiner dieser Weißkittel mit Krawatte hatte uns vorgewarnt. Dann bekam ich die Rechnung der Laserbehandlung, ich zerriß sie und schickte sie in einem Briefumschlag wieder zurück. Uns blieb nur noch die Zeitform der Zwischenzeit, ein Partizip Präsens, das es eilig hatte, zum Perfekt, zur Vergangenheit zu werden. Wir widerstanden seinem Drängen, indem wir immer langsamer wurden. In dem Bett, aus dem er nicht mehr aufstehen konnte, bildeten Langsamkeit und Eile einen Gegensatz.

Man vertraut sich gelehrten Menschen an, in sauberen weißen Kitteln sitzen sie hinter ihren ordentlichen Schreibtischen. Sie stellen Berechnungen an, nehmen das Ziel ins Visier, programmieren und sind dabei nicht einmal in der Lage, die Schüssel richtig zu treffen, wenn sie zur Toilette gehen. Ich will nicht gegen sie aufbegehren, ihren Hochmut verfluche ich nicht, ich glaube an einen Gott der Vergeltung, der sie strafen wird. Mich schmerzt jedoch die Hoffnung in den Augen der Verwundeten, mich schmerzt ihre Gefügigkeit. Er fluchte kein einziges Mal. Die eine Hälfte seines Körpers war bereits verloren, in der anderen

Hälfte hämmerte der Schmerz. «Spürst du ihn?» sagte er zu mir. «Heute hat er mir wieder stärkere Tritte versetzt.» Oder: «Heute läßt er meine Blase platzen.» «Er», das war «der Arbeiter», denn so nannten wir den Krebs, der seine Schichten im Bergwerk des Körpers verrichtete. Auch ich war Arbeiter, sein einziger Sohn, der seinen Wohlstand, seine soziale Stellung, seine Herkunft verleugnet hatte und jetzt, nach so vielen Jahren, wieder mit ihm zusammen war. In der Nacht, als seine Beine nutzlos wurden, hatte ich mich entschlossen, ihn nie mehr zu verlassen. Tags darauf kündigte ich auf der Baustelle. Zum erstenmal, seit ich als junger Mann von zu Hause fortgegangen war, hielt ich inne, arbeitete nicht. Es kostete mich fortan nichts mehr, in der Nacht zu wachen und imaginäre Karten zu verteilen.

Man legte ihm verschiedene Schläuche, und er stand aus seinem Bett nicht wieder auf. Der Merrimac-Coup wollte ihm nicht aus dem Kopf gehen. Es war wirklich genau das, was mit seinem Körper geschehen war, auf eine Bridgepartie übertragen, mit einer spielenden und einer abgestorbenen Hand. Die Lähmung war der Merrimac-Coup, die abgeschnittene Kommunikation. Die offenen Stellen vom Wundliegen kamen jetzt noch hinzu, doch das konnte er nicht mehr spüren, nur ein strenger Geruch verriet es. Dann bemerkten wir, daß meine Topfpflanze Zeichen des Wachstums zeigte und viele neue Triebe bekam. In jenen Wochen schoß sie in die Höhe und wurde so groß, daß ich sie schon wegstellen wollte, aber er bat mich, sie dort zu lassen, wo sie war. Das war gut so, denn in der Nacht reinigte sie die Luft, absorbierte den Geruch der Wunden. Sie kam mit wenig Wasser aus.

«Bald wirst du wieder deine Freiheit haben.»

«Ich werde die Freiheit haben, auf der Baustelle wieder Mauern hochzuziehen, in einer leeren Wohnung zu leben und dich nur noch in meinen Träumen zu finden.»

«Du wirst die Freiheit haben, zu den Büchern zurückzukehren, sie sind das einzige, das ich dir hinterlasse, abgesehen vom Bridge. Du wirst die Bücher haben, sie sind der einzige Platz, wo die Erfahrungen, die einer in der Welt macht, in Worten ihr Geleit finden.»

Er hatte sie alle in diesem Jahr in meine Wohnung gebracht, dafür so gut wie keine Kleidung. Er liebte Bücher, er liebte sie alle. Ihre Form gefiel ihm, das einfallsreiche System der an den Buchrücken geleimten dünnen Seiten, die soviel erzählte Materie in sich aufnehmen konnten.

«Der Tod ist der Messias, das hat Isaac Singer geschrieben. Und genau das ist er auch für mich. In Ermangelung eines Glaubens erwarte ich ihn nur mit dieser Sehnsucht: endlich die Bücher zu verstehen. Jeder wird diejenigen verstehen, die er geliebt hat. Ich werde erfahren, welche ich nochmals hätte lesen sollen und welche ich verpaßt habe. Ich erwarte mir vom Tod eine unermeßliche Bibliothek und dazu die scharfen Augen meiner Jugend.»

Ich fragte ihn, ob er glaubte, auch die Bücher zu bekommen, die nach uns geschrieben werden würden.

«Bücher sind unvergänglich. Wer sie schreibt, darf davon ausgehen, daß er sie seinen Zeitgenossen, seinen Nachkommen hinterläßt; beim Schreiben schaut ihm die ganze Vergangenheit über die Schulter. Wenn dieser Engel der verflossenen Tage nicht da ist und seine Klauen um den Hals des Dichters legt, werden dessen Worte auf der Stelle zu Asche. Wenn man nicht schreibt, um auch von den Vorfahren gelesen zu werden, prägt sich auf dem Papier nichts ein.»

«Papa, es bedarf vieler Wunder auf einmal, um das geschehen zu lassen, was du dir erhoffst. Für einen Mann ohne Glauben bist du sehr anspruchsvoll.»

«Mir hat immer der Glaube der anderen genügt. In den Lebensgeschichten von manchen habe ich den Fingerabdruck Gottes gesehen, so wie er auch in den heiligen Büchern ihres Glaubens zu finden ist. Ich bin ein Zeuge zweiten Grades, den Bären selbst habe ich nicht gesehen, aber ich habe seine Fußstapfen gefunden, einen geplünderten Bienenstock, also letztendlich Hinweise auf sein Vorüberkommen.»

Unsere Gespräche im Dunkeln waren nicht immer nur ernster Natur. Er versuchte auch, unseren Stammbaum zu rekonstruieren, stellte verschiedene Familienanekdoten zusammen, so daß ich mich später daran erinnern könnte. Ich habe mich niemals dafür interessiert.

«Warum hast du denn keine Kinder, niemanden, dem du Geschichten erzählen kannst? Von deiner ganzen polygamen Generation bist du der einzige, der nicht in den Heiratsregistern aufgetaucht ist. Ein Mann ohne eine Frau ist arm, denn er wächst nicht mehr weiter.» Er sagte kluge Dinge, aber er sagte sie einem leeren Zimmer. Ich hörte sie wie ein Echo, einen melancholischen Widerhall, und ich verteidigte mich: «Einer Ehefrau würde ich nichts bieten können, aber viel abverlangen.»

Nicht immer beendeten wir ein Gespräch, einen Satz. Der «Arbeiter» war Tag und Nacht beschäftigt, und manchmal schickte er mich in mein Zimmer, weil er schreien und sich den Mund zuhalten mußte und weil er ein bißchen alleine sein wollte, um sich wieder in den Griff zu bekommen. Dann kletterte ich in mein Bett hinauf und schlief ein wenig, vom Wiegenlied seiner Schmerzen in den Schlaf geschaukelt. Ich könnte es spielen, vertonen und herunterleiern: Er schrie keinen einzigen Vokal, nur lange, langgezogene Konsonanten, die sich in seiner Kehle aufbäumten. Er beruhigte seine Atmung, indem er immer wieder leise «schh, schhh» machte. Niemals gab er sich der Verzweiflung eines Vokals hin, niemals verlieh er dem Schrei die Würde einer ganzen Silbe.

Die Pflanze aus der Gattung der Araukarien wuchs und gedieh, in alle Richtungen trieb sie ihre dunkelgrünen, langen, glatten Blätter. In einigen morphinumwölkten Nächten hörte ich ihn zu dieser Pflanze sprechen, die, mittlerweile mannshoch, am Fuße des Bettes stand. Ihr erzählte er im Dunkeln die Geschichten und Begebenheiten unserer Familie. Die Araukarie wachte bei ihm und saugte in der Nacht auch die Worte auf. Ein freundlicher Pfleger kam jeden Tag, um die Wunden zu säubern und die Infusionen auszutauschen, die durch seine Venen flossen. Am Tag sprach er über Bücher.

«Sie kannten meinen Kummer, meine Bedürfnisse, meine Unzufriedenheit. In jedem Buch gab es einen Satz, einen Buchstaben, der nur für mich allein geschrieben wurde. Die Bücher waren mein zweites Leben; sie zeigten mir, wie man die Vergangenheit verbessert, wie man ihr einen Sinn verleiht, den sie damals nicht hatte, wie man ihr neue Möglichkeiten eröffnet. Die Bücher schützen vor dem Vergessen, sie bringen den Erinnerungen das Laufen bei. Ich habe sie alle ausgelesen, keines habe ich nach der Hälfte weggelegt, und war es auch noch so enttäuschend oder überheblich, ich bin ihm bis zur letzten Zeile gefolgt. Denn ich fand es immer schön, die gelesene Seite umzublättern und den Blick nach oben links zu lenken, dort, wo die Geschichte weitergeht.

Ich habe immer ganz schnell die Seite gewendet, um von jener ersten Zeile, oben links, weiterlesen zu können. Von allem auf der Welt wird mir dies am meisten fehlen, es wird mir mehr fehlen als du, deine Fürsorge und die Bridgenächte, mit denen du es fertiggebracht hast, mich aus meinen schmerzenden Knochen zu befreien. Bücher sind ein Erbmerkmal, und ich glaube, daß ich es dir weitergegeben habe. Du liebst sie nicht so wie ich, denn du bist anspruchsvoll und suchst in ihnen nur die Seiten, die sich im Gedächtnis einprägen, die wie Schmetterlinge aufgespießt werden können. Aber sage mir nicht, daß die anderen, die vergessenen, nicht auch lesenswert sind. Vieles Geschriebene hat der Zufall fortgetragen, und das, was bleibt, ist eben genau das: ein Überbleibsel, das nichts von dem zeigt oder ersetzt, was verlorengegangen ist. Du liebst die vollkommenen, die notwendigen, die zeitlosen Seiten. Aber Bücher sind wie wir – Individuen, die krank werden, die zerfleddern, vergilben und die vergessen werden. Sie sind das Spiegelbild unseres Lebens. Liebe auch ein wenig die Bücher deiner Zeit, liebe auch ein wenig deine Jahre, denn diese sind es, die vergehen, und nicht jene, die dir noch bleiben.»

«Das kann ich nicht. Bei meinen Zeitgenossen irritiert mich das, was ich an den Klassikern so schätze: eine Leichtigkeit, die zum Lesen anspornt. Ich habe ein Heft, in das ich alle Sätze übertrage, die mich aufgeschreckt und zur Rückschau veranlaßt haben und durch die ich altbekannte Dinge aus einem neuen Blickwinkel begreifen konnte. Die Seiten, die ich suche, haben alle diese Wirkung: wie die richtigen Brillengläser auf der Nase eines Kindes, das bis zu diesem Zeitpunkt überhaupt nicht gewußt hat, daß es kurzsichtig ist. Und dann bemerkt es auf einmal die Augen seines Hundes, die Krallen seiner Katze, den gestreckten Hals des krähenden Hahnes. Satz um Satz wächst das Heft, und es beinhaltet nicht die Bücher, sondern das darin gefundene Glück. Und so bin ich wohl ein Zeitgenosse der geliebten Seiten, nicht aber meiner Generation.»

«Das glaubst du wohl, aber es stimmt nicht. Du kannst nur in der Zeit leben, die dir zugeteilt wurde, und deine Anthologie kann dir dabei helfen. Ich habe Menschen gekannt, die Zeitgenossen des Messias sein wollten. Es waren gläubige, fleißige Leute, und in der Erwartung seiner Ankunft legten sie nicht etwa die Hände in den Schoß. Sie liebten ihre Zeit wegen dieser Hoffnung. Stets hielten sie Ausschau nach den Zeichen, die sein Kommen ankündigen würden, und in der Überzeugung, es beschleunigen zu können, befolgten sie strenge Regeln. Ich kann sagen, daß sie in ihrer Epoche auf der Durchreise waren, mit gepackten Koffern, sie waren wie Menschen im Exil, die darauf warten, jeden Moment heimkehren zu können. Zu Bett gehen, sich an den Tisch setzen, die Kinder liebkosen: Ihre Handlungen waren etwas ganz anderes, als sie schienen, denn es waren Zeichen des Einverständnisses mit der kommenden Welt. Ich habe größte Hochachtung vor dem, der sein ganzes Leben auf den Messias gewartet hat. Menschen, die für ihren Nachwuchs zu sorgen hatten, hegten in ihrem Herzen, genährt von einer mysteriösen Erhabenheit, den Wunsch, daß die Welt endlich einmal zerschmettert werden möge. Zusammen mit der Bitte um Nahrung hatten sie Jahrhunderte, Jahrtausende lang geflüstert: ‹Dein Reich komme›, hatten das Ende des täglichen Brotes, den Anbeginn des Ofens für das Getreide der menschlichen Art erfleht. Ein Zeuge dieses Zusammenbruchs zu werden, das verstehe ich jetzt, ist das größte Streben eines gläubigen Menschen. Nur einer von uns war der erste, aber wir alle können die letzten sein. Und dann gelangt man in diesen Wartesaal, am Tropf hängend, und man reiht sich bei den vorletzten ein. Deshalb sage ich dir, du sollst deine Zeit etwas mehr lieben, denn es könnte die Zeit des Messias werden. Und wenn du dann am Morgen das Haus verläßt, um zur Baustelle zu gehen, wende dich nach Süden, und du wirst diesen Tag hinter den Häusern anbrechen sehen und auch die Umrisse der Felder, hinter dem Zaun, im Osten, oben links.»

Sinneseindrücke

Ich komme aus einem unbedeutenden Jahrhundert, von einem unbedeutenden Meer. In der Mitte von beidem bin ich geboren, in Neapel, im Jahr 1950.

Von diesem vermeintlichen Zentrum, dieser scheinbaren Zuschauertribüne aus konnte ich weder die großen Zusammenhänge noch die Einzelheiten ergründen. Ich habe wenig verstanden, den Lauf der Zeit, den Gang der Geschichte konnte ich kaum deuten. Als Zaungast habe ich nur Zeichen und Hinweise erhalten. Vielleicht wird sie einst ein neugieriges Enkelkind lesen, das sich vom harten und kargen Leben seiner Ahnen rühren läßt.

Jedem der fünf Sinne will ich einen Eindruck zuordnen, der sich zufällig und doch absichtsvoll in mein Gedächtnis eingegraben hat. Es ist nicht meine Art, Zeugnis abzulegen, auch fühle ich mich nicht zum Chronisten berufen, ich verstehe nichts von Sterndeutung oder Tonbandaufzeichnungen. Vielmehr sehe ich zwei Würfel vor mir, verschiedene Spielfiguren und die Steine eines Monopoly-Spiels, um das man sich am Sonntag versammelte.

Alles, was ich weiß, liegt zwischen einem Schrei und einer Hühnerbrühe. Um mich herum waltete blind das allwissende, fürsorgliche Schicksal.

Hören: ein Schrei

Mein Onkel, geboren im Jahr 1910 als Sohn eines dunklen Neapolitaners und einer hellen Amerikanerin, war von jener eleganten Schönheit, die aus solchen Verbindungen, zumindest für eine Generation, in glücklicher Fügung hervorgeht.

Als junger Mann war er bei einer Schiffahrtsgesellschaft für die Auftragsabwicklung zuständig. Daher ging er immer mit den Schlußdokumenten zur Abfahrt der Schiffe. Auf dem Pier sah er die zurückbleibenden, abgetrennten Familienteile. Alle Abschiede des Südens endeten an jenem Pier, alle Bindungen wurden dort zerrissen.

Er hatte sich an die Abschiedsszenen gewöhnt und achtete nicht mehr darauf, denn schließlich hatte unser Volk schon seit vielen Jahren den Weg nach Amerika gewählt, um dem Elend zu entkommen. In früheren Zeiten gab es geradezu Menschenschlangen bei der Einschiffung mit der White Star Line.

Er war es, der meiner Mutter von dem Schrei erzählte. Es war einer von vielen. Er konnte sich nicht erklären, warum gerade dieser Schrei, nicht irgendein anderer oder gar keiner, sich in die akustische Membran seiner Seele eingeprägt hatte.

Der übliche, mit Menschen vollbeladene Dampfer legte im letzten Tageslicht eines lauen und strahlenden Apriltages ab. Auf dem Pier verstummten die Abschiedsrufe, welche die große Distanz nicht mehr überbrücken konnten, denn das Heck des Schiffes mit den unzähligen Gesichtern darauf war bereits auf Höhe des Außendamms.

Da schrie eine weißhaarige, schwarzgekleidete Frau, gebeugt von Alter und Schmerz, mit aller Kraft, die sie noch hatte. In die erste Stille der noch frischen Trennung heulte sie wie eine Sirene, eine Hündin, eine Mutter, heulte die abgerissenen Silben: Sal va to reee. Ein Name nur, ausgestoßen mit gebrochener Stimme, der meinem Onkel durch Mark und Bein ging. Ihm, dem jungen, schönen, eleganten Angestellten, der gut singen und auf der Gitarre nach dem Gehör spielen konnte. Als er es erzählte, hob er seine Stimme in zittrige Höhe und wiederholte gedämpft, aber sicherlich exakt, jenen Schrei. Und bekam eine Gänsehaut.

Er konnte Lieder auswendig singen und Musikstücke nachspielen, die er nur ein einziges Mal gehört hatte. Und er konnte nach dem Gehör jenen Schrei wiederholen. Schmerzen haben einen Violinschlüssel für den, der in seinem Innersten ein Musiker ist. Ein Außenstehender kann eine Wahrheit eher erfassen, ein Fremder kann sie vielleicht getreuer weitergeben als der, der sie erfährt und erleidet. Nichts hätte er daran ändern können, und doch wiederholte er dieses Heulen Silbe für Silbe, wie eine Sirene, eine Hündin, eine Mutter. Der Schmerz der anderen prägt sich uns tief und zufällig ein.

Meine Mutter hörte es von ihm. Das dem Ohr wohl am engsten verwandte Sinnesorgan ist die Haut. Und so wie mein Onkel schauderte auch meine Mutter unter dem Schrei. Auch sie war musikalisch und kannte die alten Lieder, so konnte sie ihn wiederholen, den Laut, als würde ein sprödes Bettlaken zerreißen. Über meine Mutter gelangte er zu mir, und ich vertraue ihn der endgültigen Stille meines

Berichtes an. Ich versuche nicht, ihn zu imitieren, er klänge falsch, denn ich kann mir keine Musik, keine genauen Melodien merken. Ich brauche lange, um ein Lied zu erlernen.

Ich bin denen wohlgesonnen, die einen Schrei nicht verhallen lassen. Verschwende nicht den Samen, verlangt ein ehernes Gebot. Etwas davon zu ernten und zu bewahren ist der einfachste Weg, der unentwegten Vergeudung des Lebens entgegenzuwirken. Für einen Menschen wäre das nicht wenig.

Der Schrei, die Stimme, sie ähneln dem Wesen des Samens. Gesprochenes veranlaßt die anderen mehr als Geschriebenes, Erinnerungen zu bewahren. Das wußte er, der in den Wind und unter die Menschen die kostbaren Worte ausstreute, der glaubte, daß daraus die Früchte entstünden und daß die Ohren wie Blumen für die Bienen wären.

Salvatore: der Name, der um 1930 im Hafen von Neapel gerufen wurde, hat sich von dem Schmerz, den er verkörperte, gelöst, wie auch von der Person, die ihn mit sich nahm. Dem Meer, dem Schiff, den auseinandergerissenen und sich vergeblich zurufenden Menschen zum Trotz kehrt jener Schrei zu seinem Ursprung zurück, dem allumfassenden Fluch.

Sehen: ein Vulkan

Es war im Winter 1944. Die Deutschen waren wenige Monate zuvor aus Neapel abgezogen. Nicolino – so wurde das Luftabwehrgeschütz, das auf dem Hügel des Vomero in die Höhe ragte, liebevoll genannt – hatten sie mitgenommen. Unter seinen Salven hatten sich die Neapolitaner ungefähr so sicher gefühlt wie mit einem defekten Blitzableiter auf dem Dach: die Schläge werden angezogen, ohne daß man sie neutralisieren könnte.

Nicolino hatte die Stimmgewalt einer wahrhaftigen Kanone, er tönte wie eine große Trommel, die man mit Fäusten traktiert. Es war ein Lärm, der bis in den Schlaf und tief ins Innerste der Einwohner von Neapel drang. In den Himmel schoß er seine Antwort auf die Donnerschläge, die auf der Erde zwischen den Häusern und Straßen explodierten. Neapel mußte mehr als hundert Bombenangriffe über sich ergehen lassen. Einer der Angriffe – ausgeführt aus großer Höhe und ohne bestimmtes Ziel – kam ohne vorherigen Sirenenalarm. Für dreitausend Menschen, die auf der Straße von dem Inferno überrascht wurden, bedeutete dieser 4. August 1943 den letzten Tag.

In all diesen Jahren war es meinem Großvater gelungen, ein englisches Teeservice aus Porzellan zu retten, indem er mit dem Hund um die Wette zum Schutzraum rannte. Es war sicher geborgen in einem großen Koffer, der gleich neben der Tür bereitstand. Großvater war der festen Überzeugung, daß dieses Geschirr ein Vermögen wert war. Nach dem Krieg würde er dafür einen Lastwagen bekommen. Nur mußte erst dieser Weltuntergang aufhören.

Und er hörte auf. Im September 1943 räumten die Deutschen Neapel, nach Norden getrieben von den alliierten Streitkräften und von dem jähen Aufbäumen einer Stadt, die in Trümmern lag und die genug von ihren Besatzern hatte. Ein viertägiger Bombenangriff beschleunigte das jähe Zurückweichen eines Expeditionskorps, das sich, dort wie im restlichen Europa, einer Epidemie ähnlich ausgebreitet hatte. Ein Volk ist oftmals wie ein Körper. Sein Immunsystem kann durch extremes Leid geschwächt werden, durch das schreckliche Elend, das der Krieg verbreitet. Den Deutschen war es gelungen, Völkern ihre Identität zu nehmen, ihre Immunabwehr zu blockieren. Sie bürdeten Neapel die Einberufung aller Männer auf und entzogen sie damit der zivilen Rechtsprechung.

Das also waren jene Tage. Die Alliierten hatten Capri und Sorrent erreicht, aber dann kamen sie nicht weiter. Der Golf wurde von einer unsichtbaren Grenze durchzogen, die den Krieg vom Frieden trennte, die Freiheit von der Tyrannei. Pompeji war frei, Portici nicht.

Ein Pistolenschuß, eine Säuberungsaktion, ein Steinhagel, eine Lüge, daß die Alliierten sich in Marsch gesetzt hätten: Es verdichtete sich die Eile, die Dringlichkeit, die manchmal die geschwächte Konstitution eines Volkes durchfährt, wie bei einem Kranken, der das Gefühl wiederentdeckt, einen Organismus, einen Körper, einen Namen zu besitzen.

Plötzlich, mitten im Sommer, fanden sich die Deutschen in einer Kälte wieder, die schon zuvor ein Land von der Epidemie befreit hatte. Es war jene allumfassende Kälte, die Völker aufbringen können, wenn sie im eigenen Land kämpfen müssen; jene Kälte, die in Stalingrad zum erstenmal den Fremdkörper, das Antigen, ausstoßen konnte. Nun wurde der Eindringling von allen Seiten des Horizontes gehetzt.

Dann landeten die Amerikaner und stellten eine neue Kanone auf, ebenfalls ein Luftabwehrgeschütz, und es klang nicht wie Nicolino, sondern als sausten Rolläden mit aller Wucht nach unten. Es feuerte Nahschüsse in den Himmel. Das englische Porzellanservice, das dem Beschuß der angloamerikanischen Blutsverwandten standgehalten hatte, zerbarst zusammen mit allen Wänden des Hauses unter dem einzigen deutschen Bombardement. Der Lastwagen aus englischem Porzellan endete zerstört unter den Trümmern.

Obdachlos geworden, verteilte sich die Familie meiner Mutter auf die Wohnungen der Verwandten. Mit den gerade eingetroffenen Amerikanern, den heimkehrenden Evakuierten und den vielen Gütertransporten wurde Neapel eine lebhafte Stadt. Doch der Großvater und der Hund rannten nicht mehr, die Sirenen schwiegen. Im Süden des Garigliano hatte die Nachkriegszeit begonnen.

Es war in jenem Winter, im Jahr 1944, als der Vesuv sich öffnete und Feuer spie. Aus dem Krater schlugen Flammen in den Himmel, Steine flogen; in Strömen floß die Lava herunter und bahnte sich ihren Weg über die Felder. Lavaströme erreichten das Meer und versanken im zischenden Wasser. «Diese Stadt ist ein Kessel, und wir sind das Fleisch», steht im Buch Ezechiel über Jerusalem geschrieben. Der erste Schrecken ob dieser Urgewalt, die heilige Angst der Völker auf seismischem, vulkanischem Boden, verklärte sich in

Erstaunen. Der Wind formte die Rauchfahne zur Gestalt von Pilzen und Glocken. Der Sonnenuntergang entzündete die schwebende Asche in allen Rottönen. Nicht einmal die Kometen konnten diese Januarabende überstrahlen, diesen mit Feuerzungen überzogenen Berg.

Es war nicht das Blut der Schlachtfelder, das beim Ausbruch des Vulkans aus allen Quellen zusammenströmte, es war keine Erleuchtung, die Feuerspur gab keine Antwort. Keine Verbindung, keine Beziehung bestand zu dem Unheil, das die Völker einander zufügten. Es war etwas völlig anderes. Die minuziöse Selbstvernichtung der Menschen wurde einmal mehr überragt von der inneren Dynamik des Unermeßlichen.

In einer Notunterkunft betrachtete meine Mutter, gerade neunzehn Jahre alt geworden, von einem ihr fremden Fenster aus die Feuer eines erloschenen Krieges. Diese letzten Schläge aus den Tiefen der Erde, diese gleichgültigen Stimmen, verstreuten über den Trümmern die Ascheschicht der Nachkriegszeit, der Not und des Elends. Meine Mutter war noch keine zwanzig Jahre alt, und es zu werden war ihr nicht mehr wichtig.

Riechen: Brioches und andere Gase

Kinder schauen sich Tätowierungen immer sehr genau an. Aus männlicher Eitelkeit, vielleicht auch aus Sehnsucht, stellen Matrosen und Häftlinge ihren Körper der Tätowiernadel als Blatt, als Leinwand zur Verfügung.

In den Sommertagen am Meer lernte ich die Zeichnungen und die Farben auf der Haut der Fischer kennen, die Namen, Herzen, Schiffe und Monde. Als Kind fuhr ich oft mit meinem Onkel aufs Meer hinaus. Er besaß ein Motorboot, um das sich Nicola, ein Fischer, kümmerte. Mit ihm teilte mein Onkel den Ertrag des Tages. Meistens fuhren wir nur zu dritt hinaus, aber manchmal war auch noch ein Gast dabei.

Wir standen sehr früh auf, ich lief zu der einzigen Bar, die schon geöffnet hatte, und kam mit den noch ofenwarmen Brioches zum Strand. Der verführerische Duft vermischte sich mit dem salzigen Holzgeruch des Bootes und den Dieselwolken des alten Motors. Für mich war es ein männlicher Geruch, und ich war stolz, daran teilhaben zu dürfen.

Vom Strand der Fischer von Ischia legten wir ab, um den Teil des Meeres zu erreichen, der zu dieser Zeit des Jahres als besonders fischreich galt. Einmal begleitete uns ein hagerer, etwa vierzigjähriger Herr, ein Altersgenosse meines Onkels. Bevor wir an Bord gingen, wurde ich ihm vorgestellt, und er gab mir abwesend und kraftlos die Hand. Ich achtete immer besonders auf die Hände der Menschen, auf ihren Druck, ihre Schwielen und darauf, wie sie im Ruhezustand ineinander verschränkt waren: Formen, an denen ich den Charakter abzulesen versuchte. Der Mann stammte nicht aus Neapel, er sprach wenig und hielt die Hände immer im Schoß. Auf dem Arm hatte er eine Tätowierung. Ich sah sie erst, als wir schon draußen auf dem Meer waren, weil er die Ärmel hochkrempelte und eine Hand ins Wasser tauchte, um sich die Haare zu befeuchten. Sie bestand nur aus Zahlen.

Ich stellte den Männern niemals Fragen, da ich wußte, daß sich ein Kind bei ihnen still zu verhalten hatte. Mit der Zeit lernte ich dieses Gebot schätzen. Ein Kind, das die Erwachsenen ständig mit Fragen bestürmt, hört doch viel lieber den drängenden Tonfall, den Klang der eigenen Stimme als die vagen Antworten, die es bekommt. Ich hätte unseren Gast niemals gefragt, was die eingeritzte Ziffer bedeuten sollte. Zuerst dachte ich an eine Telefonnummer, dann an eine geheime Botschaft, und schließlich stellte ich mir vor, daß dort die Summe der Tage eines Lebens angezeigt wurde, vielleicht sogar die seines eigenen.

Die Männer sprachen nur wenig, und das Vibrieren des Motors ließ die Angelschnüre auf den Holzplanken des Bootes hin und her tanzen. Die Fahrt zu unseren Fischgründen verlief ruhig und ereignislos. Vor der Küste von Procida machten wir halt. Wir ließen die Nylonschnüre ins Wasser, an denen kleine Stücke *tótano*, eine Tintenfischart, als Köder hingen, und versuchten, die mittlere Tiefe zu erraten, in der sich die *vope,* wie diese mittelgroßen Fische bei uns heißen, normalerweise aufhielten. Der Mann mit dem gezeichneten Arm tat es uns gleich, unerfahren, aber trotzdem mit großer Präzision.

Ich sah, wie mein Onkel eine abrupte Bewegung machte

und die Hand mit der Schnur in die Höhe riß. Und dann spürte auch ich das Tac-tac-tac, das dreimalige heftige Zukken des Fisches an der Leine, und Nicola ebenfalls. Alle drei standen wir nun da und zogen vorsichtig an unseren Schnüren. Es war wichtig, sie schnell, aber gleichmäßig einzuholen, ohne daran zu zerren. Man mußte auch darauf achten, nicht auf die Nylonschnur zu treten, die sich zwischen den Füßen ansammelte, damit sie sich am Ende nicht völlig verwickelte. So kamen die schönen, silbrig schimmernden Fische an Bord und begannen sofort, mit ihren Schwänzen wie rasend auf die Planken zu trommeln – ein Geräusch, das das Herz eines jeden Fischers erfreut.

Unser Gast hatte die richtige Tiefe nicht erraten; manchmal reichten zwei Meter schon aus, um den Schwarm zu verfehlen. Nicola richtete ihm die Schnur aus, und dann konnte auch er diese heftige Bewegung spüren, die das Toben seines Fanges tief unten im Meer bis hinauf in seine Fingerspitzen übertrug.

Im Bottich häuften sich die Fische, während die Sonne langsam ihren Zenit erreichte. Mit den von Salzwasser und Fischen noch nassen Fingern schlangen wir gierig unsere Brioches hinunter. Die Männer rochen nach Ködern und nach Rauch. In diesen Kindertagen fühlte ich mich als Teil einer männlichen Welt, einer schweigenden, wohlriechenden Gemeinschaft. Als Erwachsener habe ich das nie mehr gefunden.

Dann nahmen wir wieder Kurs auf Ischia. Mein Onkel war am Steuer, Nicola putzte die Fische, und ich saß etwas abseits von ihnen vorne am Bug. Der Gast tauchte seinen Arm ins Meer und zeichnete damit, parallel zum Boot, eine zweite Kielwasserspur. Der tätowierte Arm durchpflügte die Wellen, ein Bug ohne Schiff, dahinter nur Leere.

Bei Procida fuhren wir dicht am Gefängnis vorbei. An einem vergitterten Fenster tauchte ein weißer Fleck auf, ein nackter Arm wedelte da mit einem Fetzen Stoff. Das Zeichen galt uns, kein anderes Boot war in der Nähe. Schnell lief ich zum Heck, griff nach meinem gestreiften Unterhemd und war auch schon wieder am Bug. Da die See ruhig war, konnte ich im Boot stehen: und so schwenkte ich mit aller Kraft mein Hemd, ängstlich darauf bedacht, das Gleichgewicht zu halten. Ich war ungefähr zehn Jahre alt, also schon in einem vernünftigen Alter, ich kannte die Bedeutung des Ortes dort drüben und hatte schon öfter über das Gefangensein nachgedacht. Die Männer im Boot ließen mich gewähren, reagierten nicht auf das Winken und kümmerten sich nicht weiter darum. Solange ich den Arm des Häftlings noch sehen konnte, bewegte ich auch meinen eigenen hin und her. Der Gast zog seinen Arm aus dem Wasser und streifte sein Hemd über.

Ich erzähle von den wenigen Dingen, die sich meinen Sinnen eingeprägt haben. Vor allem behielt ich einen männlichen Geruch in Erinnerung, und das Gefühl der Zugehörigkeit zur Welt der Erwachsenen. Später habe ich erfahren, wer dieser Mann war, der uns damals begleitete. Es war einer der wenigen Überlebenden aus den Konzentrationslagern. Jene Nummer auf seinem Arm war keine Tätowierung, sondern ein infames Brandzeichen. Er gehörte dem Menschengeschlecht an, das mit Zyklon B vernichtet worden war. Ein Gas, dessen Geruch unser Jahrhundert vergiftet hat und von dem doch niemand weiß, wie es riecht.

Als wir an Land gingen, gab er mir etwas fester die Hand. Der Druck war nicht sehr stark, aber die Ziffern auf seinem Arm bewegten sich durch die Anspannung der Sehnen. Ich erwiderte mit meiner geringen Kraft seinen Abschiedsgruß. Seine Hand roch, wie meine eigene, nach Fisch und nach Brioches.

Tasten: der Ring an der Wand

Als es September wurde, wechselte der Wind die Richtung und die Jahreszeit den Duft. Dem Mistral der Sommertage bei friedlich gekräuseltem Meer folgte ein Südwestwind, der die Wellen hoch auftürmte. Der Regen löschte den Staub, die versengten Straßen verströmten den Duft vergangener Sommerhitze. Wir verließen die gewohnten Pfade am Meer und durchstreiften die Gassen der Insel. Die ungewohnten Wollsachen auf der Haut erinnerten uns daran, daß in der frischen Luft nicht nur der Geruch feuchter Pinienwälder lag, sondern auch schon der von neuen Schulheften mit leeren weißen Blättern. Dunkle Wolken jagten über die verlassenen Strände von Ischia hinweg; das war die Zeit für Spaziergänge. Einmal im Jahr, in den windigen Septembertagen, stiegen wir zum Castello Aragonese hinauf, jener Festung auf einer wuchtigen Klippe im Meer, die nur durch einen schmalen Steindamm mit der Insel verbunden war.

Von einer Plattform ganz oben auf der Klippe überwachte ein Leuchtturm nachts das Meer. Von dort aus konnte man die gewundenen Umrisse von Procida sehen und, weit dahinter, den Golf von Neapel unter dem Vulkan.

Unsere Gruppe traf sich gegen fünf Uhr, der besten Zeit am Nachmittag. Wir gingen bis zum Fischerdorf, vor dem sich die Klippe erhob, und stiegen zum Kastell hinauf. In den prächtigen, verfallenen Räumen gaben Spalten in der

Decke den Blick auf den Himmel frei; durch Risse in den Wänden sah man auf das Meer. Das Blau schlüpfte durch alle Mauern. Die ersten stürmischen Gefühle wurden wach, und wir stellten uns mit heimlichem Grauen vor, hier zu einer geheimen Messe zusammengekommen zu sein, im Schnittpunkt der vier Winde.

Vor dem Eingang zur Krypta der Nonnen blieben wir stehen. Nicht alle wollten in das Gewölbe hinabsteigen, das immer noch in einer Ecke einen Haufen brüchiger Knochen beherbergte. Man hatte die Toten auf steinerne Hokker mit einem Loch in der Mitte gesetzt, damit der Körper verwesen konnte. Man hatte sie gewissermaßen «abtropfen» lassen, der Körper löste seine Form im Sitzen auf, in der Dunkelheit, wie in einem Keller. Wir gingen schweigend hinunter, einige hielten sich an den Händen. Der Tod war grausam und nah, nicht beschönigt oder verfälscht, und wir besuchten sie, die schwarze Nonne des Septembers, die uns das Ende der Zeit am Meer verkündete.

Mittlerweile sind die Knochen verschwunden, heute sieht die Krypta aus wie ein steinernes Wohnzimmer, mit Sitzgelegenheiten entlang der Wände und elektrischem Licht. Heute gleicht die Runde der Hocker mit dem Loch in der Mitte eher einer Gemeinschaftslatrine. Heute ist der Tod organischer Abfall, ausgeschmückt mit einer Zeremonie. Als wir ihn in der dunklen Krypta im Schein einer eigens dafür gekauften Kerze berührten, war er der sitzende Schatten des Lebens, Schädel und Schlüsselbein, trockene Anatomie, übriggebliebenes Gerüst der menschlichen Zeit. Wir besuchten ihn voller Ehrfurcht, ohne Abscheu, ohne Scham.

Über die schmale Treppe gelangten wir wieder ans Licht, und plötzlich wollte keiner der letzte sein. Die Stimmen, die sich zu einem Flüstern gesenkt hatten, kehrten schlagartig wieder, wir schrien laut und atmeten tief durch.

Dann setzten wir unseren Rundgang in den Festungsanlagen auf der Klippe fort. In den Tuffsteingängen reinigte uns die kühle Luft den Atem. Auf dem Rückweg betraten wir die Verliese. Die niedrige Gittertür unter einem schmucklosen Steinbogen ließ sich nur mit Mühe in ihren Angeln drehen. Wir kamen durch einen Hof, dessen Mauern einst sehr hoch waren und auch jetzt noch an einigen Stellen die Form einer Grube für die Lebenden erkennen ließen. Von dort gelangte man in die Gemeinschaftszellen, wo Fensterschlitze, viel zu weit oben, schmale Lichtstreifen einließen. In die glatten Steinwände waren Ringe eingelassen, die robust genug waren, um ein Boot daran festzuzurren. Früher wurden Menschen dort angeschmiedet. Sie waren das letzte Glied der Kette, und sie siechten dahin, immer mit anderen zusammen, die Essensrationen so mager, daß sie gerade noch am Leben blieben. Die Gedanken von uns Kindern auf dem Ausflug wurden plötzlich ernst. Ohne die Schulbücher, die nur verschleiern, kam die Geschichte unverhüllt ans Licht: Epidemien, Dürren, Schneestürme, Kriege; der Pulsschlag des Lebens, die dort drinnen, im Pferch der verlorenen Zeit, unverzüglich vollstreckte Strafe. Mauern wie diese gab es überall, jede Insel hatte ein Gefängnis, unser Tyrrhenisches Meer war voller Galeeren. Wir berührten das im Stein verankerte Eisen, und zwischen dem Lärm draußen und der plötzlichen Stille drinnen erkannte manch einer auf einen Schlag die Dosis ritualisierten Schreckens, den jedes Zeitalter in irgendeiner Form konzentriert: Für uns war es das Gefängnis.

Wir verbrachten unsere Kindheit auf der Insel des Sommers. Kein Anzeichen deutete auf unser späteres Schicksal hin, die vergitterte Zelle schien nur der Vergangenheit anzugehören. Es war nicht die Krypta, das dunkle Endlager, das uns allen bevorsteht. Es war die Wunde am Handgelenk, am Knöchel, die Kette, der Mensch war dem Menschen ein Tier, von einem unermüdlichen Eisen ins Fleisch gebissen. Es war das unwürdige Leben, der Kielraum, in dem sich die gefangenen Fische ansammeln und unter den Planken des Bootes vergessen werden, die verlorene Meeresfrucht. Menschen, grausames Zeitalter, Fallen, Gitterstäbe, und wir, noch weit von unserem Schicksal entfernt, waren nicht in der Lage, an den riesigen Raum zu glauben, der uns umgab. Für einige von uns sollte er zur Zelle werden.

Die Mauern bedeckten lauter Inschriften. Solange noch ein freier Platz blieb, den man mit einem Namen, einem Datum ausfüllen konnte, war die Gefangenschaft nicht zu Ende. Ich berührte den in die Mauer gerammten Ring, der glatt war vom langen Gebrauch, das rostblattrige Eisen vom Leid geölt. Ich zog fest daran, aber er löste sich nicht.

Beim Abstieg im letzten Tageslicht rannten wir die gewundenen Gänge hinunter, die zu den unteren Wegen und zum Tor führten. Unsere Schreie hallten in der Leere wider, den Jüngsten wurde ganz heiß vor Angst, und sie flüchteten schnell ins Freie, ins Dämmerlicht. Schließlich standen wir auf dem Steindamm vor der schwarzen abweisenden Masse der Insel. Hinter uns – wir waren die letzten – schlossen sich die Flügel des Tores wie von selbst; niemand folgte uns über den Damm. Der Leuchtturm zeichnete seine Lichtspur aufs Meer, eine halbe Umdrehung, zwei Sekunden lang. Wir waren Kinder und die Insel unsere Lehrmeisterin.

Auf dem Schiff, das uns Ende September wieder in die Stadt zurückbrachte, hielt ich mich die ganze Zeit an der Reling fest und blickte zu Boden. Ich zerrte fest daran, sie löste sich nicht, alles war unerschütterlich, und die kommende Zeit schien ein neues Glied in der Kette zu sein.

Schmecken: eine Hühnerbrühe

Ich habe vor Jahren einige Monate an einem Ort unterhalb des Äquators verbracht, in einem Land, das Tansania heißt. Bevor ich dorthin reiste, hatte ich die Sprache Suaheli gelernt, mit der man sich in einem großen Teil Ostafrikas gut verständlich machen kann.

Ich wohnte in einem kleinen Dorf. Die Abendstunden verbrachte man teetrinkend unter einem ausladenden indischen Mandelbaum. Ich unterhielt mich meistens mit den Männern, aber die fröhlichsten Gespräche waren die mit den einheimischen Nonnen, die heitere Namen hatten: Melanìa, Leocadìa. Klänge einer Sprache, die immer den vorletzten Vokal betont und nur harmonische Wörter kennt. Die Nonnen hatten alle ein breites, spontanes Lächeln, und mir gelang es ohne Mühe, sie zum Lachen zu bringen, indem ich ihnen von Schnee, Spaghetti oder Erdbeben erzählte. Ich übersetzte ihnen Sprichwörter aus meiner Heimatstadt: Auf dem Meer gibt es keine Tavernen, *katika bahari hapana nyumba.* Melanìa war wie ich Mitte Dreißig. Ihre gesunden Zähne blitzten zusammen mit dem Weiß ihrer Augen, weil sie immer mit offenen Lidern lachte. Wegen ihrer geschwollenen Beine hatte sie einen schwankenden Gang. Ihre Haare habe ich nie gesehen, da sie stets unter der dunkelblauen Haube verborgen waren.

Am Tag meiner Ankunft sah ich nur wenige Schritte vom Dorf entfernt eine Schlange. Sie war dünn, von einem grellen Grün, einen Meter lang. Sie glitt an mir vorbei, hielt inne und verkroch sich nach kurzem Zögern unter einem Stein. Ich blieb reglos auf meiner Bank sitzen, nur darauf bedacht, meinen Atem einigermaßen unter Kontrolle zu bringen. Ich wollte schon nach jemandem rufen, aber dann überlegte ich es mir anders. Wie würde ich dastehen? Der soeben eingetroffene Europäer, der bei der ersten kleinen Schlange um Hilfe schreit. So sollte mein erster Auftritt nicht verlaufen. Aber gleich als ich den ersten Bekannten traf, erwähnte ich in beiläufigem Tonfall, daß ich besagtes Tier gesehen hätte. «Wo?» fragte der Freund sofort. In wenigen Minuten hatte sich eine kleine Gruppe von Menschen mit Stöcken zusammengefunden. Sie hoben den Stein auf und töteten das Reptil, das in den Büchern die grüne Mamba genannt wird. Die leuchtende Farbe der Schlange verblaßte schnell, ihre straffe Haut wurde runzlig, als wäre sie ihr auf einmal zu weit. Diese Szene, die der Entdeckung einer Schlange bei den Häusern stets folgte, habe ich später noch mehrmals gesehen. Sie spaßten nicht mit den Dingen der Natur, sie zähmten sie nicht.

Nach dem Abendessen machte ich gewöhnlich einen Spaziergang an einem Wasserlauf entlang. In dem Lärmen der Nachttiere hörte ich manchmal durchs Gebüsch den zarten Ton einer kleinen Glocke, die, hatte sie einmal angefangen zu bimmeln, so schnell nicht wieder aufhörte. Sie läutete und läutete in diesen dunklen, mondlosen Abendstunden, und ich hatte das Gefühl, daß mich ihr Gebimmel warnte. Wovor, weiß ich nicht mehr; ich erinnere mich nur, daß es ein liebenswürdiges Läuten war, wie auf einem Provinzbahnhof, wenn das Nahen eines durchfahrenden Zuges angekündigt wird.

Ich kehrte zu meinem Feldbett zurück und wartete gegen neun Uhr abends auf den Schlaf, in den geräuschvollen, dämpfigen Nächten blieben meine Träume ohne einen Laut.

Eines Abends, während ich spazierenging, spürte ich die zarte, blitzschnelle Liebkosung eines Fledermausflügels auf dem Gesicht, die sanfteste Berührung, die ich jemals auf meiner Haut gefühlt hatte. In den Jahren zuvor hatte ich mir angewöhnt, Zärtlichkeiten zu vergessen. Es ging so schnell, daß ich keine Zeit hatte, mich zu ekeln, und in dieser Überraschung empfand ich eine unbestimmte Dankbarkeit für das Dunkel und seine zarte Berührung. Wegen einer plötzlichen Sehnsucht vergaß ich die Warnung der Fledermaus. Wenn ein Körper die Verbannung spürt, dann vor allem auf der Haut.

So kam das Fieber. Mit der Amöbenruhr brach die Malaria aus. Ich schied Wasser und Gewicht durch alle Poren aus, nichts konnte ich im Magen behalten, das ich nicht sofort wieder erbrach. Mühsam und unsicher war der Gang zu den Latrinen, denn die Malaria hatte mir auch die Augen entzündet und die klare Sicht genommen. Nach der ersten Woche war ich nicht mehr in der Lage aufzustehen.

Die Nonnen kamen mich besuchen, hinter dem Moskitonetz hörte ich sie über das Wetter reden. Das Netz grenzte meine Welt ein, und es zog sich immer dichter zu.

Die Sinne hatten sich nach innen gekehrt, ich horchte in mich hinein. In jenen schlaflosen Nächten entwickelte sich ein Geruch, der mir unbekannt war. Aus den Leisten, den Achselhöhlen stieg er auf, und ich nahm ihn unablässig wahr, tauchte die Finger darin ein und schnupperte daran. Es war wie eine entfernte Witterung, wie Gummi, der erste Kaugummi, gemischt mit dem säuerlichen Duft frisch geschnittenen Grases. Ich wurde ganz süchtig danach. Wie ein flinker Schimpanse, der im Flug die Zweige berührt, strich die Nase an diesem Geruch entlang, der so auf die innen liegenden Nerven traf. Nicht langsam: Ich verschied in großer Eile. Die Zeit verstrich, und ich stand kurz vor dem Nierenversagen, was ein wenig dunkler Urin ankündigte. Der Geruch füllte mir die Nase, strömte wie frischer Weihrauch durch mein stilles Delirium. Auf dem Meer gab es keine Tavernen.

Eines Abends kam Melanìa. Sie brachte eine Hühnerbrühe. Ich glaube nicht, daß sie mir sagte, was es war, ich glaube nicht, daß sie überhaupt etwas zu mir sagte. Sie hob das Moskitonetz an. Draußen herrschte wie immer die nächtliche Hitze, und ich lag unter einer englischen Militärdecke aus Wolle. Sie warf alles zum Lüften nach draußen, und ich schauderte, weniger vor Kälte als vor Verwirrung. Sie half mir hoch, schob meine mageren Beine aus dem Bett und setzte sich neben mich. Dabei hielt sie mich fest und sicher im Arm, damit ich nicht zur Seite fallen konnte. Mein weißer, knochiger Körper verschwand in ihrer Umarmung, meine ganze Schulter paßte in ihre dunkle Hand. Dann, Löffel für Löffel, mußte ich alles trinken, auch das, was ich wieder ausspie und das sie in einer Schale auf meinen Knien auffing.

Wer weiß, wo sie dieses Hühnchen gefunden, wer weiß, was es sie gekostet hatte. Ich weiß heute nur, daß es bei Dehydratation die beste Nahrung ist. In jenem Augenblick war ich viel zu schwach, um die Brühe verweigern zu können, ich ertrug das Ganze wie eine Folter, der man nicht entrinnen kann. Sterben wird ungemütlich, dachte ich, wenn dich jemand mit aller Gewalt retten will, während ich vor Fieber kochend an ihr hing.

Sie kam so lange und brachte mir Brühe, bis das ganze Hühnchen aufgezehrt, bis zum letzten Tropfen ausgepreßt war. Ich begann Geschmack daran zu finden und drückte meine Zunge an den Gaumen. Die Suppe hatte mehr Würze, als ich es einer Hühnerbrühe zugetraut hätte. Die Art, wie Melanìa meinen Körper umklammerte, verriet mehr Kraft, als nötig war, um mich zu stützen. In ihrem heimlichen Eifer brannte ein Übermaß, ein unnützer Aufwand, der nicht nachließ. Sie war streng, von einer schroffen Art, vorwurfsvoll wie jemand, der wortlos seine Arbeit verrichtet.

Das Fieber hörte auf, nur der Durchfall hielt noch an, ich stieg in ein Flugzeug, ein paar Postkarten habe ich ihr geschrieben. Das Leben, das mir duftend, unbedacht entwich, wurde mir löffelchenweise wiedergegeben, es war das meine mehr als früher, unverdient, verschwendet.

Romane und Erzählungen

Julian Barnes
Flauberts Papagei *Roman*
(rororo 22133)
«Dieses Buch gehört zur Gattung der Glücksfälle.» *Süddeutsche Zeitung*

Denis Belloc
Suzanne *Roman*
(rororo 13797)
«Suzanne» ist die Geschichte von Bellocs Mutter: Das Schicksal eines Armeleutekinds in schlechten Zeiten. «Denis Belloc ist der Shootingstar der französischen Literatur.» *Tempo*

Andre Dubus
Sie leben jetzt in Texas *Short Stories*
(rororo 13925)
«Seine Geschichten sind bewegend und tief empfunden.» *John Irving*

Michael Frayn
Sonnenlandung *Roman*
(rororo 13920)
«Spritziges, fesselndes, zum Nachdenken anregendes Lesefutter. Kaum ein Roman macht so viel Spaß wie dieser.» *The Times*

Peter Høeg
Der Plan von der Abschaffung des Dunkels *Roman*
(rororo 13790)
«Eine ungeheuer spannende Geschichte.» *Die Zeit*
Fräulein Smillas Gespür für Schnee *Roman*
(rororo 13599)
Fräulein Smilla verfolgt die Spuren eines Mörders bis ins Eismeer Grönlands. «Eine aberwitzige Verbindung von Thriller und hoher Literatur.» *Der Spiegel*

rororo Literatur

Stewart O'Nan
Engel im Schnee *Roman*
(rororo 22363)
«Stewart O'Nans spannendes Erzählwerk ist zum Heulen traurig und voller Schönheit, seine Sprache genau und von bestechendem Charme. Die literarische Szene ist um einen exzellenten Erzähler reicher geworden.» *Der Spiegel*

Daniel Douglas Wissmann
Dillingers Luftschiff *Roman*
(rororo 13923)
«Dillingers Luftschiff» ist eine romantische Liebesgeschichte und zugleich eine verrückte Komödie voll schrägem Witz, unbekümmert um die Grenzen zwischen Literatur und Unterhaltung.

Tobias Wolff
Das Blaue vom Himmel *Roman einer Jugend in Amerika*
(rororo 22254)
«Wunderbar komisch – zugleich tieftraurig und auf sehr subltile Weise moralisch.» *Newsweek*

3287/5

3285/6

Lebensgeschichten

In loser Folge erscheint eine Reihe ganz besonderer Biographien bei rororo: Lebensgeschichten aus dem Alltag, in denen sich das Zeitgeschehen auf eindrucksvolle Weise widerspiegelt.

Helen Colijn
Paradise Road *Eine Geschichte vom Überleben*
(rororo 22146)

Friedrich Dönhoff / Jasper Barenberg
Ich war bestimmt kein Held *Die Lebensgeschichte von Tönnies Hellmann, Hafenarbeiter in Hamburg Mit einer Einleitung von Marion Gräfin Dönhoff*
(rororo 22245)
Seit Jahren korrespondieren Gräfin Dönhoff und Tönnies Hellmann miteinander. Denn so kraß der Klassenunterschied zwischen ihnen, so verbindend ist die Erfahrung des Widerstands gegen den Nationalsozialismus. Hellmann war Kommunist, Mitglied der Bästlein-Gruppe, wurde von der Gestapo verfolgt, war als Kriegsgefangener in Sibirien.

Anne Dorn
Geschichten aus tausendundzwei Jahren *Erinnerungen*
(rororo 13963)

Jean Egen
Die Linden von Lautenbach *Eine deutsch-französische Lebensgeschichte*
(rororo 15767)

Melissa Green
Glasherz *Eine Kindheit*
(rororo 22362)

rororo Biographien

Eva Jantzen / Merith Niehuss (Hg.)
Das Klassenbuch *Geschichte einer Frauengeneration*
(rororo 13967)
Fünfzehn Frauen aus Erfurt führten seit ihrem Abitur im Jahre 1932 ein Tagebuch, in das reihum jede von ihnen Erlebnisse und Gedanken über ihr Leben schrieb. Dieses «Klassenbuch» führt aus zeitgenössischer Perspektive durch die Kriegs- und die Nachkriegszeit des geteilten Deutschlands bis ins Jahr 1976 und schildert die sehr privaten, aber gleichzeitig auch typischen Frauenschicksale.

Tracy Thompson
Die Bestie *Überwindung einer Depression*
(rororo 22396)

Ein Gesamtverzeichnis aller bereits lieferbaren Titel dieser Reihe finden Sie in der *Rowohlt Revue.* Vierteljährlich neu. Kostenlos in Ihrer Buchhandlung.

Rowohlt im Internet:
http://www.rowohlt.de

3655/1

Film und Fernsehen

Paul Auster
Smoke. Blue in the Face *Zwei Filme*
(rororo 13666)

Chris Carter
Akte X: Der Film *Der Roman zum Kinofilm*
(rororo 22420)
Akte X: Der Film *Der Jugendroman zum Kinofilm*
(rororo 20934)
Die offiziellen Romane zum großen Kinoereignis: die FBI Agenten Dana Scully und Fox Mulder stehen vor ihrer größten Herausforderung.

Dean Devlin / Roland Emmerich / Stephen Molstad
Independence Day. Der Tag, an dem wir zurückschlagen *Der Roman zum Film*
(rororo 13949)

Stephen Molstad
Independence Day
Was geschah in Area 51? *Nach einer Idee von Dean Delvin und Roland Emmerich*
(rororo 22346)

Tom Tykwer
Lola rennt *Mit Bildern von Frank Griebe. Das Buch zum Film. Mit Mini-CD*
(rororo 22455)
Manni sitzt in der Patsche, und Lola muß ihn retten. Sie hat zwanzig Minuten. Und drei Chancen ...
Nach «Winterschläfer» Tom Tykwers neuer Film mit Moritz Bleibtreu und Franka Polente in den Hauptrollen.

Carolly Erickson
Katharina die Große *Eine deutsche Prinzessin auf dem Zarenthron. Mit Fotos aus dem ZDF-Film*
(rororo 13935)

3290/5

rororo Unterhaltung

Stephen McCauley
Liebe in jeder Beziehung *Der Roman zum Film von Nicholas Hytner*
(rororo 22517)
George lernt Nina auf einer Party kennen, als ihm gerade sein Freund Robert den Laufpaß gibt. Kurzentschlossen nimmt er Ninas Angebot an und zieht zu ihr: der Beginn einer wunderbaren Freundschaft. Dann ist Nina schwanger. Doch statt sich mit Howard, dem Vater, auf das Kind zu freuen, entscheidet Nina, das Kind mit George aufzuziehen. Der fällt aus allen Wolken, schließlich waren Frau und Kind bisher in seiner Lebensplanung nicht vorgesehen ...
In den Hauptrollen der brillanten Beziehungskomödie: Jennifer Aniston und Paul Rudd.

H. B. Gilmour
Tage wie dieser ... *Roman zum Film*
(rororo 22203)

Rowohlt im Internet:
www.rowohlt.de